Christina Erbertz

Drei (fast) perfekte Wochen

Roman

Christina Erbertz studierte Anglistik in Bochum sowie Drehbuchschreiben an der Deutschen Film- und Fernsehakademie Berlin. Sie konzipierte und schrieb Fernsehserien für Kinder (u. a. Beutolomäus, Hexe Lilli, Löwenzahn). Bei Beltz & Gelberg erschienen von ihr bereits diverse preisgekrönte Kinderbücher, u.a. »Freddy und der Wurm«. Im August 2025 erscheint bei Beltz & Gelberg ihr neuer Jugendroman „Stein schlägt Papier."

Impressum

Dieses E-Book ist auch als Printausgabe erhältlich.

© 2025 Christina Erbertz
Verlag: BoD · Books on Demand GmbH, Überseering 33, 22297 Hamburg, bod@bod.de
Druck: Libri Plureos GmbH, Friedensallee 273, 22763 Hamburg
ISBN: 978-3-7693-7609-8

Erstveröffentlichung 2016 Beltz & Gelberg in der Verlagsgruppe Beltz / Weinheim Basel / Werderstraße 10, 69469 Weinheim

Kennt ihr das?

Sah ein Knab ein Röslein stehn,
Röslein auf der Heiden,
War so jung und morgenschön,
Lief er schnell, es nah zu sehn,
Sah's mit vielen Freuden.
Röslein, Röslein, Röslein rot,
Röslein auf der Heiden.
Knabe sprach: »Ich breche dich,
Röslein auf der Heiden.«
Röslein sprach: »Ich steche dich,
Dass du ewig denkst an mich,
Und ich will's nicht leiden.«
Röslein, Röslein, Röslein rot,
Röslein auf der Heiden.

Ich weiß nicht, von wem das ist, ein Volkslied
vielleicht oder so. Meine Mutter hat es mir
beigebracht, als ich fünf war. Es geht auch
irgendwie noch weiter. Ich glaube, der Knabe
pflückt die Rose am Ende.
Aber damit ist die Geschichte nicht vorbei ...

Nachtaktiv

Eigentlich wollte ich die Sommerferien durchpennen, zumindest tagsüber, so von drei Uhr nachts bis vier Uhr nachmittags. Menschen in meinem Alter haben ein verändertes Schlafbedürfnis. Wegen der Hormone. Abends sind wir hellwach, tagsüber sehr ruhebedürftig. Das ist, wie gesagt, ganz normal und kein Grund zur Sorge. Meine Eltern treibt mein Schlafbedürfnis trotzdem in den Wahnsinn, dabei überlappen sich unsere Wachphasen für sechs Stunden. Das müsste doch reichen. Außerdem kann ich nichts dafür, dass ihre Wachphase schon um zehn beendet ist. Aber wehe, ich greife in der überlappenden Phase nach meinem Smartphone. »Musst du immer?«, »Kriegen nix mehr mit von dir«, »Ich schmeiß das noch mal aus dem Fenster!«. So das Übliche kriege ich dann eben um die Ohren geballert.

Früher waren Pit und Tanja, meine Eltern, entspannt. Stundenlang hat Pit mit mir kleine Züge über Holzschienen geschoben. Jetzt brauche ich angeblich für alles zu lange. Tanja hat mich beim Weihnachtsbacken auf die Kekse pappen lassen, was ich wollte, Liebesperlen, Gummibärchen und darüber noch klumpigen Schokoguss. Jetzt mache ich nix richtig. Bloß beim Thema Bücher sind wir uns einig. Wir verschlingen alles, was wir in die Finger kriegen können. Allerdings lese ich für Pit und Tanja zur falschen Zeit, zwischen Mitternacht und zwei Uhr. Danach träume ich noch ein Stündchen, na ja, träumen klingt jetzt harmlos. Ich sag's mal so: Zwischen zwei und drei bin ich biologisch nachtaktiv.

In der Schule verstehe ich mich mit allen, ungelogen. Ich sehe alles locker, ich bin ja auch immer total erschöpft tagsüber, da stresst man sich nicht.

»Wir müssen in zehn Minuten los!«

Das war Tanja.

Meine Eltern schicken mich diese Sommerferien in ein Camp zum Orientierungslaufen. Aktivurlaub. Ich habe keine Ahnung, was Orientierungslaufen ist. Es soll irgendwas mit Karten sein. Im Kartenlesen bin ich unschlagbar, das wird kein Problem werden. Aber Laufen ist für mich ganz ungünstig, weil ich tagsüber eben hormonell so ruhebedürftig bin, dass ich mich aus Gesundheitsgründen eigentlich nicht bewegen dürfte. Nachtläufe wären da besser, aber da gruseln sich sicher die Mädchen und die kommen auch mit. Es ist ein gemischtes Camp. Ich weiß nicht, wie ich das finden soll.

»Nico, mach hinne, ja?!«

Aus meiner Klasse ist auch eine dabei, Rita. Ich könnte kotzen. Wenn ich ihre roten Locken sehe, kriege ich kein Wort heraus. Ich kann auch in der Schulmensa nicht essen neben der. Mir ist schlecht und heiß, und ich habe das Gefühl, meine Haare werden augenblicklich fettig oder da ist bloß zu viel Gel drin, und neben Rita wird mir das plötzlich klar. Aber das sind auch bloß die Hormone. Eigentlich mag ich Rita nicht besonders.

»Nico, das stresst uns doch alle! KOMM JETZT!« Rita und ihre Eltern sind sicher schon im Auto und auf dem Weg zur Bushaltestelle. Wir fahren alle zusammen in den Wald, wegen der Gruppendynamik.

»Ich glaub, der hört mich nicht mal!«

»Was?! Wir sind schon viel zu spät! VERDAMMT NOCH MAL, NICO, RUNTER MIT DIR. ABER SO-FORT!«

Das war Pit.

Mir fällt auf, ich habe total vergessen, mich anzuziehen.

Ehrlich gesagt liege ich noch im Bett.

Perfekt

Das Camp ist sicher das Richtige für mich. Acht
Stunden Sport am Tag, die meiste Zeit davon
laufen wir. Beim Laufen fühle ich mich immer so
leicht. Ich denke an nichts. Abends im Bett ist
mein Körper dann so schwer, dass ich sofort
einschlafe.
Laufen ist also kein Problem. Aber das mit dem
Orientieren könnte eines werden. Ich drehe mir
Karten immer so zurecht, wie ich gerade stehe.
Beim Orientierungslaufen kostet das bestimmt zu
viel Zeit. Man muss Posten ablaufen, so schnell
wie möglich, aber die muss man ja erst mal
finden. Einen Kompass kriegt man auch. Die
Dinger sehen bloß so kompliziert aus. Ich habe
keine Lust, mich im Wald zu verlaufen.
Ich hoffe, die anderen sind nett. Wie alt die wohl
sind? So alle zwischen vierzehn und fünfzehn wie
ich?
»Nele, du bist aber gleich wieder da, oder?«
Mein Bruder Ferdi, er ist drei, sucht im
Rückspiegel ängstlich meine Augen.
»Morgen.«
Er strahlt. Morgen ist für Ferdi die Zukunft.

Neben mir hat Mama Tränen in den Augen, das sehe ich vom Beifahrersitz aus genau. Ich war noch nie drei Wochen am Stück weg. Aber sie muss sowieso arbeiten, bei Papa ist es langweilig und die ganze Zeit auf Ferdi aufpassen nervt. Das mache ich schon oft genug.

»Du gehst aber nachts nicht auf die Zimmer der Jungs!«

Warum sagt sie so was? Ich will laufen und vielleicht eine Freundin finden für die Zeit. Also, das ist mir echt zu blöd. Darauf antworte ich bestimmt nicht.

Wir steuern auf eine Bushaltestelle zu. Ein Mädchen lehnt an der gläsernen Außenscheibe. Sie steht da allein, ihre Eltern haben sie wohl nur kurz abgesetzt. Sie hat rotblonde Locken, ganz lange, und die glänzen bis zu uns ins Auto hinein. Mama hält direkt neben ihr. Das Mädchen ist kleiner als ich, hat aber doppelt so viel Busen, ich habe ja auch kaum was, ich bin im Ganzen ziemlich dürr. Ihr Gesicht sieht aus wie bei einem richtig tollen Model. Besonders, aber eben auch genau richtig. Wenn die im Camp alle so aussehen?

Ich bleibe sitzen. Mama läuft ums Auto herum und reißt meine Tür auf. Hoffentlich knutscht sie mich nicht.

»Du setzt mich einfach nur schnell ab, ja?«, flüstere ich. »Damit Ferdi nicht anfängt zu weinen.«

»Ich warte wenigstens, bis der Bus kommt!«

»Mama, wir wohnen drei Straßen weiter! Wenn was ist, ruf ich dich an. Bitte.«
Sie lächelt dem Mädchen mit zusammengepressten Lippen zu, geht zum Kofferraum und wuchtet meine riesige alte lila Reisetasche aus dem Kofferraum. Das Mädchen hat einen Koffer zum Ziehen. Er steht neben der Sitzbank.
Ich trete endlich auf den Bürgersteig.
»Ist das dein Bruder?«, fragt das Mädchen grinsend.
Ich nicke, drehe mich zu Ferdi um und klopfe gegen die Scheibe. Aber mein Bruder starrt an mir vorbei auf die rotblonden Locken, die plötzlich meine Wange kitzeln. Das Mädchen steht dicht neben mir und drückt ihre Lippen auf die Scheibe. Ferdi reißt die Augen auf.
»Pass auf sie auf, ja?«
Das glaube ich jetzt nicht! Ich hoffe, sie erzählt nicht herum, was meine Mutter für einen Schwachsinn redet.
»Mach ich!«, ruft das Mädchen und knutscht wieder die Scheibe. Ferdi wirft sich glucksend in seinem Kindersitz zurück, soweit das geht, denn Mama hat ihn festgeschnallt wie für die Formel I. Ich zerre die Riesentasche ins Bushäuschen und setze mich auf einen der Gitterstühle, die Füße auf dem lila Monstrum. Das Mädchen lässt sich auf den Platz neben mir fallen.
Ich schiele zu meiner Mutter hinüber. Sie hat die Hand an der Autotür und guckt komisch. In

meinem Brustkorb sticht's. Jetzt würde ich am liebsten noch mal zu ihr rüberrennen, aber ich winke nur. Meine Mutter winkt zurück, springt ins Auto und fährt los. Ferdi wedelt wie verrückt mit seiner dicken, kleinen Hand, aber er meint nicht mich, sondern das Mädchen. Irgendwie tröstet mich das und ich muss kichern.

»Gehen wir zusammen auf ein Zimmer?«, fragt das Mädchen so locker, als wolle sie bloß ein Kaugummi.

»Ja ... Klar! Ich heiß Nele. Und du?«

Sie heißt Rita und fängt an zu erzählen. Wie großartig alles werden wird. Und dann sehe ich diese perfekten drei Wochen im Wald vor mir.

Nele

Vierte Reihe links

Dann bin ich doch erst mal allein, zumindest im Bus. Rita kann nichts dafür. Nach dem Einsteigen hat sie sich in der dritten Reihe auf den Fensterplatz geworfen, ich sollte daneben, aber so ein bescheuerter Typ mit Stoppelhaaren hat sich an mir vorbeigedrängelt. Jetzt sitzt er neben Rita und textet sie zu.

Ich sitze eine Reihe hinter ihnen. Vorsichtig spähe ich zwischen meinen beiden Sitzen nach vorn. Rita merkt das und verdreht die Augen, als der Typ fragt: »Wollen wir beide auf ein Zimmer?«

»Marlon, du nervst.«

Sie gackert trotzdem, auch als Marlon sich an sie lehnt. Dabei will Rita das nicht, glaube ich, auf jeden Fall schiebt sie ihn mit den Schultern weg von sich.

Marlon erwischt mich beim Glotzen. Es blitzt in seinen blaugrünen Augen. Ich schaue schnell weg. Er springt auf und grinst von oben zu mir herab. Ich schaue aus dem Fenster, als merke ich das gar nicht. Was will der denn?

»Willst du bei uns mitmachen?« Er sagt das nicht unfreundlich, aber es ist natürlich fies gemeint.

»Hey, ich red mit dir! Wer ist'n die?«, fragt er Rita, und bevor sie antworten kann: »Ist die auf Stand-by?«

»Wir gehen auf ein Zimmer.«

»Wir? Wir beide? Oh, Sweetie!«

»Nele. Nele und ich, du Vollaffe.«

Vorsichtig schaue ich noch mal nach oben. Marlon blitzt mich mit seinen schmalen Augen noch mal an und lässt sich wieder auf seinen Sitz plumpsen.

Im Bus ist die Klimaanlage ausgefallen. Ich schwitze in der vierten Reihe links. Hinter mir sitzen fast alle allein, bloß zwei Mädchen stecken ihre blonden Köpfe zusammen. Die sind bestimmt schon zusammen in den Kindergarten gegangen. Schade. Die brauchen keinen.

Ganz vorn ruhen die kleinen Hände einer grauhaarigen Busfahrerin auf einem Riesenlenkrad. Hinter ihr sitzen die zwei Trainer, jeder auf einer Bank. Die Frau hat raspelkurze, weißblonde Haare und braune Haut, die nicht zu ihr passt. Eingeschüchtert mustere ich ihren harten, muskulösen Oberkörper in dem weißen Top.

Auf der Bank neben ihr winkelt der andere, jüngere Trainer seine Beine an, weil der Sitz zu niedrig und der Platz zu eng für ihn ist. Seine Augen streifen mich kurz. Er grinst, als wisse er etwas, das wir nicht wissen. Was das wohl ist?

»Tja, bloß Nico Tilgner ...«

Die Trainerin sieht angesäuert zu ihrem Kollegen hinüber. »Die hätten ja mal absagen können.«

»Und jetzt sind's wie viele?«

»Dreizehn«, antwortet sie und streicht etwas auf einem Klemmbrett durch, wahrscheinlich Nico Tilgner.

»Stell dich schon mal vor, ja?«, bittet sie ihren Kollegen. Der junge Trainer steht auf. Keiner sagt mehr was, sogar Marlon hört auf zu brabbeln. Der Typ ist wirklich unglaublich groß und seine Schultern sind bestimmt doppelt so breit wie meine. Altersmäßig müsste er irgendwo zwischen der Trainerin und uns sein.

»Ich bin Erik. Ihr könnt ruhig du sagen«, fängt er an. »Ich studiere Sport im 3. Semester. Orientierungslaufen mache ich, seit ich sechs bin. Ich bin sogar früher die

Jugendmeisterschaften gelaufen. Hab aber nie gewonnen.«

Er grinst.

Ein Hupen dringt dumpf in unseren Bus. Alle Köpfe drehen sich zur Seite, alle starren auf die Überholspur. Ein alter, roter Kombi fährt neben uns her. Das Auto überholt nicht, sondern hupt weiter. Drei Leute sitzen drin.

»Was wollen die?«, fragt die Busfahrerin hektisch.

Auf dem Beifahrersitz macht ein Mann mit kurzem Bart wilde Zeichen und zeigt dann auf einen blonden Jungen hinter sich, der freundlich die Hand hebt. Die Frau brüllt vom Fahrersitz aufgeregt zu uns herüber, aber natürlich versteht kein Mensch, was. Der Bärtige reißt im Auto aufgeregt seine Augen auf und formt mit seinen Lippen überdeutlich ein Wort.

»Versteht den einer?«, ruft Erik durch den Bus.

»Ist das vielleicht Nico? Nico Tilgner?«, vermutet die Trainerin, die mittlerweile hinter ihrem jungen Kollegen aus dem Fenster sieht.

»Ni-co? Ni-co?«, fragt Erik tonlos und zeigt auf den Jungen hinten im Auto, der wieder freundlich grüßt. Der bärtige Beifahrer, sicher sein Vater, nickt und wischt sich gestresst über die Stirn.

»Wollen Sie den noch mitnehmen?«, will die Busfahrerin von den Trainern wissen. »Gleich kommt ein Rastplatz.«

»Klar!«, meint Erik.

Er nickt dem Mann auf dem Beifahrersitz zu und zeigt von dem roten Kombi auf den Seitenstreifen.

»Rastplatz«, formt er mit seinen Lippen.

Der Bärtige nickt erleichtert. Die Frau versucht, uns zu überholen, wird aber nicht schneller und verschwindet mit ihrem Kombi hinter unserem Bus.

Auf dem Parkplatz öffnet die Busfahrerin vorn die Tür. Die Jugendlichen springen auf. Ich auch. Es ist so stickig hier drinnen, als wären wir schon ewig unterwegs.

»Nein, nein, ab auf eure Plätze!«, hält die Trainerin uns zurück. »Erste Pause in zwei Stunden, sonst kommen wir heute nicht mehr in den Wald.«

Ich bleibe trotzdem noch kurz stehen.

Nico steigt ein, und zwar so locker, als sei die ganze Sache genau so verabredet gewesen. Alle kichern.

Nico ist das egal. Zufrieden schiebt er sich an mir vorbei und lässt sich auf meinen Fensterplatz plumpsen.

Seine Mutter wirft ihm vom Parkplatz eine Kusshand zu. Nico rollt die Augen, gibt ihr aber eine Kusshand zurück. Der Bärtige umarmt schweißgebadet seine Frau. Die beiden kichern. Sie sehen aus wie Eltern, die man gern haben würde. Die freuen sich vielleicht sogar, dass ihr Sohn mal wegfährt, das finde ich genial.

Als der Bus losfährt, setze ich mich neben Nico.
Er hat die Augen geschlossen und öffnet sie auch
nicht, als die blonde Trainerin aufsteht und
anfängt zu reden. Ein bisschen zu schnell und zu
laut, finde ich.
»Hallo, ich heiße Frau Icks. Ich habe viele Jahre
den Jugendkader der O. L.-Nationalmannschaft
trainiert. Jetzt wollte ich unseren Sport auch mal
Anfängern wie euch schmackhaft machen. Beim
O. L. geht's um alles: um den Körper, den Kopf,
die Psyche. Wir benötigen Schnelligkeit,
Ausdauer und Aufmerksamkeit. Wälder wie der
Teutoburger Wald, in dem wir trainieren werden,
sind ein anspruchsvolles Laufgebiet ...«
Ich schiele zur Seite, weil mich etwas an der
Schulter berührt. Es ist Nicos Stirn.
Er schläft, tief und fest.

Der aktuelle Stand der Dinge

Ich bin kaum eingeschlummert, da ist die Fahrt auch schon wieder vorbei. Jetzt stehen wir mit unserem Bus irgendwo im Teutoburger Wald, so viel habe ich mitgekriegt. Ich muss bei Gelegenheit mein Smartphone befragen, wo genau das liegt. Aber nicht sofort. Die Trainerin, die mich eben wach gerüttelt hat, wirkt irgendwie gestresst. Entspannt im Camp, mit allen und allem, das ist hier meine Devise.
Ich steige dann mal aus, die anderen sind auch schon alle draußen. Überall Bäume um mich rum, dicke, dünne, mit Nadeln oder ohne, großblättrige, kleinblättrige, helle, dunkle. Ganz schön eigentlich. Ich kenne aus Frankfurt nur Kastanien an den Straßenseiten. Die Leute sehen auch alle verträglich aus und sind ungefähr in meinem Alter. Älter wirkt nur Rita. Ihre Locken zwirbeln in mein Blickfeld, ob ich will oder nicht, und ich will im Grunde ja nicht. Zum Glück wird sie von einem Typen mit Stupsnase und Igelhaube in Beschlag genommen. Der labert Rita voll, weil er Schiss vor ihr hat und sie

gleichzeitig scharf findet. Akute Testosteron-Überdosis, das kenne ich von meinen Kumpels in der Schule. In der Pause hampeln die alle um Rita herum und machen sich zum Affen.

Wir stehen alle ratlos in der Gegend rum, weil der Kofferraum nicht aufgeht, wir aber unser Gepäck mitnehmen sollen. Ich registriere das Camphaus, das aussieht wie eine gigantische Blocksauna. Holz ist hier natürlich keine Mangelware.

Die Busfahrerin schiebt sich die Bustreppe runter.

»Irgendwas mit der Zentralverriegelung«, ächzt sie.

Sie versucht es manuell, also mit Gewalt.

Der junge Trainer mit den Hulk-Schultern hilft ihr. Die beiden reißen abwechselnd am Griff herum, aber es hilft nichts. Die toughe Trainerin ist sonst wo.

Irgendwie denken wohl alle, dass sie hier lange rumstehen müssen, und fangen an zu kontakten. Für mich ist noch ein Mädchen frei. Sie steht ein paar Schritte von Rita entfernt und bestaunt die Baumwipfel. Vielleicht weiß sie auch nur nicht, wo sie hingucken soll. Sie kommt mir bekannt vor.

»Ich hab dich im Bus gesehen!«

Ihre Augen schnellen zu mir herüber. Scheiße. Ich hätte erst checken sollen, ob sie hübsch ist. Die ist nicht hübsch. Die ist schön. Warum habe ich das im Bus nicht mitgekriegt? Saß ich nicht sogar neben ihr? Alles an dieser Frau wirkt fein und schmal, die Augen, die Nase, die Lippen. Sie hat hellrote Wangen und sieht, ich muss es so blumig sagen, aus wie eine kleine, zarte Rose. Nach meiner Frage zieht sie ihre hellblauen Augen zusammen, und ich denke schon, die wird zickig oder findet mich zum Würgen. Doch dann leuchtet ihr rosenhaftes Gesicht unter dem dunkelbraunen Bob auf.

»Ich konnte mich kein Stück bewegen.« Sie kichert.

»Wieso das nicht?«

»Na, weil du eingeschlafen bist und …«

Rita kommt angeschossen, und angeschossen ist wirklich das Wort der Wahl hier. Ich hatte schon die ganze Zeit das Gefühl, dass sie rüberglotzt. Stupsnase trottelt hinterher.

»Hey, Nico, find ich so super, dass du auch hier bist!«

Ich schaue ihr in die Augen: Mir wird automatisch heiß, und wie immer fühle ich mich, als ob ich ungewollt biologisch nachtaktiv werden müsste.

»Ähem«, weiß ich intelligent zu sagen.

»Wer ist'n das?«, krächzt Stupsnase schwer im Stimmbruch.

Rita grinst, als hätte sie schon alles gehört und auch gesehen.

Wir sehen aus wie eine Psychogruppe.

Die Rose, die sich wegen mir im Bus nicht bewegen konnte, haut ab, schnurstracks auf zwei blonde Mädchen zu. Die stehen ganz eng zusammen, machen aber sofort auf, als sie die Rose bemerken, und quatschen mit ihr. Und dann ist Rita weg, auch zu denen rüber. Mädchen unter sich, Jungs unter sich, das ist der aktuelle Stand der Dinge. Stupsnase sieht mich an und wirkt völlig verändert. Normalisiert.

»Name?«, frage ich.

»Marlon.«

»Nico. Haste schon jemanden?«

»Nee.«

»Dann können wir ja.«

»Mhmh.«

Es ist alles gesagt und wir starren auf die weiteren Aktivitäten am Kofferraum. Hulk, der junge Trainer, hängt sich an die Tür. Der Kofferraum springt erleichtert auf. Alle stürzen hin, als gäbe es dort eisgekühlte Drinks. Mein T-Shirt klebt an meinem Rücken. Selbst hier im Wald ist es schweineheiß.

Mein Rucksack wird fröhlich hin und her geschubst. Sonst haben alle ihre Rollkoffer mitgebracht, bis auf eine gigantische lila Reisetasche, in der man einen Menschen verschwinden lassen könnte. Ich wollte ursprünglich, wie die Mehrheit hier, mit Rollkoffer anreisen, habe aber vergessen, rechtzeitig zu packen. Pit hatte dann keine Zeit mehr, den Familienrollkoffer in unserem vollgestopften Keller zu suchen. An die

Trainingshose habe ich aber gedacht und sonst auch an alles, hoffe ich.
Ich lasse die anderen erst mal machen. Bei drei Wochen im Wald kann man sich Zeit nehmen. Plötzlich bekomme ich Gänsehaut. Eine Brise fährt in die Baumspitzen und es rauscht, unheimlich und beruhigend zugleich.

Doppelbett aus Bäumen

Rita liegt auf ihrem Bett und ich packe aus. Sie redet und redet, aber ich kann ihr nicht zuhören, weil ich immer daran denken muss, wie der blonde, große Junge meine Tasche getragen hat. »Wen hast du da drin?«, hat er mich gefragt und das lila Monstrum auf seine Schulter gewuchtet. Er selber hatte einen Rucksack, der so leicht aussah, als wären da allerhöchstens zwei Handtücher, eine Zahnbürste und ein Trainingsanzug drin. Weiß der, dass wir drei Wochen hierbleiben? Also, ich habe Oberteile für alle Wetterlagen dabei, alle T-Shirts, die ich besitze, und was man sonst noch so braucht. »Hast du da echt gerade einen Wollpulli rausgezaubert?«, ruft Rita plötzlich aus. Sie liegt auf ihrem Bett, das aussieht wie halb fertig gezimmert. Der Bettrahmen besteht aus ganzen Holzstämmen mit Rinde dran. Gruselig. So, als würden wir bei einem irren Waldfreak übernachten.
»Im Wald kann's kalt werden.« Ich stelle eine meiner großen Shampooflaschen oben in den Schrank und das Rei in der Tube zum schnellen Durchwaschen daneben.
»Merk ich nix von«, gähnt Rita.

Ich schiele zu ihr rüber. Rita zieht ihr Top aus und fläzt sich nur noch in Unterhosen auf dem Bett. Ich durchwühle hastig weiter meine Kulturtasche und fische das Ersatz-Duschgel heraus. Was die für einen Körper hat! Nicht dick, aber so rund und weich ... Wie bei einer erwachsenen Frau.

»Die Blondis sind langweilig, oder?«

»Finde ich nicht«, antworte ich und wundere mich, dass Ritas Stimme eben so bissig klang. Dabei hat sie die ganze Zeit, als wir draußen auf unser Gepäck gewartet haben, mit Lotti und Janka gequatscht. Ich bin gar nicht zu Wort gekommen.

»Woher kennst du eigentlich den Jungen, ich meine, der meine Tasche getragen hat?«, wechsle ich das Thema.

»Nico? Wir gehen in eine Klasse.«

»Oh! Echt?«

»Wieso?«

»Der ist nett.«

»Nett, genau.« Sie klingt schon wieder so bissig. »Der ist immer nett, zu jedem. Das nervt.« Schade, denke ich, dann trägt der wohl jeder die Reisetasche hinterher.

Ich stelle meine halb geleerte Kulturtasche griffbereit auf die schwere Holzkommode und stopfe meinen peinlichen alten Herzchenbademantel schnell in eine der Schubladen.

»Jetzt mach mal 'ne Pause, Nele. In einer halben Stunde müssen wir schon wieder unten sein. Warte ...«

Sie springt auf und schiebt die Betten zusammen. Ich helfe von der anderen Seite. Dann liege ich neben Rita in einem Doppelbett aus Baumstämmen.

»Viel besser, oder?«

»Perfekt.«

Als ich neben Rita liege, kommen mir die Möbel nicht mehr ganz so gruselig vor. Und die Stille auch nicht. Wie weit wohl die nächste Stadt entfernt ist?, überlege ich. In der nächsten Sekunde wird mein Körper so schwer, als wäre ich zwanzig Kilometer gelaufen. Rita greift nach meiner Hand. Schläfrig drehe ich mich zu ihr um. »Sitzen wir beim Essen zusammen?« Sie lächelt schief. Die ist gar nicht so cool, wie sie tut.

»Klar!« Dann sehe ich gerade noch, wie Rita ihre Augen schließt. In der nächsten Sekunde versinke ich sonst wohin ... Bis eine helle Glocke uns wach klingelt.

»Kommt bitte alle runter! Erster Trainingslauf!«, hören wir die zackige Stimme von Frau Icks, der Trainerin. Wir hüpfen zeitgleich aus unseren Betten und streifen uns die Sportklamotten über. Ich habe von Mama eine reißfeste enge schwarze Laufhose gekriegt und ein rotes Trikot. Für neue Schuhe hat's nicht mehr gereicht, aber meine alten Joggingtreter werden das Camp schon überleben.

Erst als wir die Tür erreichen, nehme ich Ritas Outfit wahr. Ihre Füße stecken in braunen Laufschuhen mit Gummistoppeln, ihr Po in knallgrünen Shorts, ihr Oberkörper in einem glänzend-gelben Top.

»Hast du nicht Angst, dass du dir im Wald alles zerkratzt?«, versuche ich es vorsichtig.

»Ich bin da nicht so empfindlich.«

»Ach so, na ja ... Aber super Schuhe. Extra fürs Orientierungslaufen?«

»Kann sein. Hat mein Vater bestellt.«

In der Eingangshalle ist auch alles aus Holz, der Fußboden, die Wände, sogar die leere Blumenvase. Unten auf der Treppe sitzt Nico neben Marlon. Ich traue mich nicht, zu ihm zu gehen, und steuere auf Lotti und Janka zu. Rita folgt mir. Alle haben Jogginghosen oder Laufhosen wie ich an. Und Trikots, manche sogar langärmlige, obwohl es immer noch unglaublich heiß ist.

Die blonde Trainerin zählt uns ab, wir sind dreizehn. Erik ragt neben ihr auf wie ein freundlicher Riese.

»Was soll das denn?«, blafft Frau Icks Rita an.

»Was soll was?«, blafft Rita zurück.

»Wir gehen in den Wald, Mädchen! Wir laufen durch Nadelwälder, Brennnesseln, Büsche. So viele Pflaster hab ich nicht.«

Irgendjemand kichert und sagt was von ›Push-up‹ und ›anmachen‹.

»Ich hab noch zwei Jogginghosen mit«, flüstere ich.

»Hab ich selbst!«, zischt Rita.

Erik zwinkert ihr zu, das soll wohl heißen: ›Hat sie nicht so gemeint, die Trainerin.‹ Rita wirft grinsend ihren Zopf zurück und hüpft die Treppe hoch. Ihre Brüste wippen, man kann gar nicht woandershin gucken.

»Die Smartphones habt ihr auf euren Zimmern gelassen, hoffe ich?«, will die Trainerin von uns wissen. Die meisten marschieren noch mal zurück. Auch Nico.

Als alle wieder unten sind, hat sich die Stimmung verändert. Keiner sagt was, aber die Luft ist unruhig, so, als ob alle schneller atmen würden. Rita trägt jetzt eine graue Jogginghose, aber das Top hat sie angelassen. Die Trainerin sagt nichts dazu.

»Raus mit euch!«, ruft sie aufgekratzt.

Direkt nach der Türschwelle beginnt Frau Icks zu joggen. Wir folgen ihr. Mir verschlägt's die Sprache, als ich das massige Grün vor mir sehe. Dann sind auch gleich schon Bäume vor mir und hinter mir.

Als ob der Wald uns verschluckt hätte.

Unschlagbar wach

»Links sind Bäume, rechts sind Bäume und dazwischen Zwischenräume«, so ging ein Ohrwurm meiner Kindheit und so geht er jetzt. Ich werde schläfrig, wegen der Hitze, und außerdem ist »Rechts sind Bäume« ein Schlaflied. Schlafen und Laufen vertragen sich aber nicht, schon gar nicht, wenn man jeden Moment vor Bäume knallen kann, die hier im Wald sehr unsymmetrisch verteilt sind. Einen Waldpfad gibt es nicht oder zumindest will Trainerin Icks, wir müssen sie siezen, nicht darauf trainieren.

»Rechts sind Bäume, links sind Bäume und dazwischen Zwischenräume ...« Das Lied will nicht raus aus meinem Schädel! Ich verfluche Aktivurlaube und schiele zur Seite. Ein Laufkumpan mit Oberschenkeln wie die mächtige Kastanie, an der ich gerade haarscharf vorbeisteuere, versucht verbissen, zu Marlon und mir aufzuschließen.

»Geht's?«, erkundige ich mich.

»Super!«, schnaubt er, aber dieses eine Wort scheint ihn so kurzatmig zu machen, dass ich lieber die Klappe halte.

»Ich bin ... Lukas ... und du?«, schnaubt er weiter.

»Nico. Ein durch die Nase, aus durch den Mund. Soll helfen.«

Er atmet schniefend ein und keuchend aus.

»Rechts stehen Bäume ...«, kehrt mein Ohrwurm zurück. Ich beschließe, mich mit der Gruppenzusammensetzung abzulenken. Da ist Lukas links neben mir, der Tapfere, das muss man sagen, so bemüht, wie er sich jetzt mit seiner Schnief-und-Keuchatmung an unserer Seite hält. Etwas hinter mir eine blasse, x-beinige Schwarzhaarige, die ein Gesicht macht wie sonst nur Jesus am Kreuz. Die zwei friedlichen Blonden vor mir schlagen sich bestens, Rita ebenso. Sie läuft und redet gleichzeitig, als wäre es nichts.

»So ... scharf, die ... Rita ...«, hechelt Marlon. Er versucht, lässig neben mir zu laufen, stößt sich dabei aber so staksig vom Boden ab, als habe er Holzbeine. Ich fürchte, bei mir sieht es nicht besser aus. Langsam habe ich keine Puste mehr. Ich versuche, es mir durch einen bemüht positiven Gesichtsausdruck nicht anmerken zu lassen. Die restlichen Gruppenteilnehmer joggen auf unterschiedliche, aber entspanntere Art und Weise über knackende Äste und knorpelige Wurzeln. Bloß die Sportgranate neben Trainerin

Icks nicht: Ein Typ mit Glatze, der mit krummem Rücken verbissen an der Spitze läuft.

Rose habe ich mir für zuletzt aufgehoben. Sie rennt neben Glatze und Icks, und zwar so, wie Marlon und ich gern laufen würden. Federleicht. Und das, obwohl sie die miesesten Treter von allen trägt. Im Grunde bräuchte sie keine Schuhe. Rose scheint zu schweben.

»Wie lange wir … wohl noch …?«, keucht Marlon neben mir. Lukas erwartet ängstlich meine Antwort.

»Keine Ahnung«, hechele ich, »noch nie Waldlauf ge …«

Das erste Seitenstechen kündigt sich an. Ich verstumme und stimme in Lukas' Schnaufatmung ein.

»Aber doch … 'ne … Pause?«, hakt Lukas besorgt nach.

»Wirklich … keine Ahnung«, wiederhole ich angestrengt.

Plötzlich sind Trainerin Icks, die Sportgranate und Rose verschwunden, wohl eine steile Böschung hinab.

»Keine Angst. Locker in den Beinen, schaut nach vorn!«, empfiehlt uns Jungtrainer Erik, der ganz hinten läuft. Wir stürzen todesmutig hinab, ich neige mich steif nach hinten und presse krampfig die Ellenbogen an die Seite. Irgendwas schießt in mir hoch, Adrenalin vermutlich. Lukas stolpert, rutscht die letzten Meter auf seinem gigantischen Hintern hinab und rappelt sich unten hektisch auf.

Wenigstens bin ich nicht mehr müde.

»Genießt die Landschaft!«

Ein Befehl von Trainerin Icks.

Ich bin grundsätzlich aufgeschlossen, wenn ich einmal wach bin. Ich genieße also trotz aller Beschwerden die Landschaft: diverses Gestrüpp, darunter zahlreiche Brennnesseln, die mich an Ritas Shorts denken lassen, hellgrüner Farn noch und nöcher. Etwas höher ragen dürre Tannen aus dem Pflanzengewirr, die wiederum von hohen Laubbäumen überragt werden. Ich spähe in die majestätischen Wipfel. Die Sonne schlägt sich hier und da zwischen den Blättern durch und vergoldet den Boden.

Lukas stolpert, vor Erschöpfung, glaube ich.

»Katja?«, brüllt Erik hinter uns. »Für Lukas reicht's!«

Er schlägt meinem tapferen Laufpartner vor, mit ihm im Schritttempo zum Camp zurückzukehren. Lukas hebt unglücklich seine pummeligen Achseln. Ich kann nicht sprechen, weil das brutalste Seitenstechen meines Lebens mir den Atem raubt.

»Genieß ... die ... Landschaft«, keucht Marlon.

Ich krieg das »Arsch« einfach nicht raus.

Ich habe mich immer für ziemlich sportlich gehalten. Allerdings kacken fast alle ab, natürlich außer Trainerin Icks mit ihren beiden Superläufern. Ich hoffe, die lösen sich nicht von uns Normalsterblichen. Niemand hat ein Smartphone dabei und sicher hat auch keiner mitgekriegt, wo wir langgelaufen sind.

Dann überrascht uns die Icks mit einem Schlenker in meterhohen Farn. Wir ziehen zackig die Knie hoch, um das Gestrüpp niederzuzwingen. Schweiß läuft mir den Rücken und die Kniekehlen hinab.

»Beim Orientierungslauf muss man immer wieder vom Weg abkommen. Was spart Zeit? Die einfachere, längere Route oder die kürzere, dafür aber beschwerlichere?«

Marlon und ich verheddern uns im Farn und fallen zurück. Nur die Schwarzhaarige flucht noch hinter uns: »Verpisste Scheiße! Ich hasse Grün!«

Sie scheint nicht freiwillig hier zu sein.

Plötzlich Hoffnung.

Ein Bach versperrt uns den Weg, zwingt zum Anhalten.

»Ein Bach!«, rufe ich außer mir vor Begeisterung.

»Scharf beobachtet«, maunzt es hinter uns. Zwei schlaue Augen funkeln mich unter schwarzem Zottelhaar an.

Wir stoppen. Wir stehen! Ich atme durch, mit durchgedrückten Knien, Hände an den Hüften, das Herz pumpt.

»Alles in Ordnung?«, fragt Trainerin Icks, locker auf der Stelle laufend. »Könnt ihr noch?«

»JA!«, gellt es aus unseren Mündern, vor allem aus denen von Marlon und mir, vielleicht ist es das Adrenalin.

»Idioten!«, schnaubt die x-beinige Schwarzhaarige.

Wir hüpfen los über Steine, ich rutsche ab, meine Hacke landet im Fluss, das kühlt angenehm. Dann geht es eine Böschung rauf, die mir den Rest gibt. Meine Knöchel brennen, als wäre ich zu schwer für sie. Oben angekommen führt uns Trainerin Icks kurz über eine geteerte Straße, die ins Unendliche, aber sicher nicht ins Camp zurück führt. Schon sind wir wieder im Wald, auf einem Laufpfad, immerhin.

Und dann das Unglaubliche: Das Seitenstechen ist weg! »Rechts sind Bäume, links sind Bäume ...«, singt es fröhlich in meinem Kopf. Marlon scheint in einem ähnlichen Film zu stecken. Unsere Schritte werden immer länger. Wir fliegen! Nur aus den Augenwinkeln registriere ich, dass Rose – ich muss sie unbedingt fragen, wie sie richtig heißt –, sich bückt, um einen losen Schnürsenkel zuzubinden. Schon fliege ich weiter, unschlagbar wach.

Jemand

Ich binde meinen rechten Schuh fester. Der Schnürsenkel reißt. Ich ziehe ihn schnell aus den obersten Ösen, um dann weiter unten einen Knoten zu binden. Er reißt noch mal. So ein Mist! Ich stehe auf, sehe die Gruppe gerade noch über eine Kuppe laufen und weg sind sie. Ich folge ihnen, schlappe aber sofort aus meinem Schuh raus. So geht das nicht. Ich könnte rufen, aber was soll ich rufen? ›Hilfe?‹ ›Wartet?‹ Wartet klingt okay.

»Wartet! WARTET!«

Niemand taucht auf. Ich laufe weiter und schleife dabei den lockeren Schuh über den Boden, um ihn nicht zu verlieren. So werde ich die anderen nie einholen.

Ich nehme den Schuh in die Hand und versuche, auf Socken voranzukommen. Harte Äste, Tannenzapfen und Eicheln drücken sich in meine Fußsohlen. Laufen kann ich so nicht. Ich gehe langsamer und versuche, hauptsächlich den linken Fuß zu belasten. Das geht einigermaßen. Ich nähere mich der Böschung. Unten ist niemand mehr. Die haben überhaupt nicht bemerkt, dass ich fehle! Jetzt ist es bestimmt zu spät. Die Trainerin wird erst mal die anderen zurückbringen, bevor sie mir entgegenläuft. Die meisten konnten nicht mehr. Und Erik hat ja vorher schon den dicken Jungen ins Camp zurückgebracht.

Der Lauf war so perfekt. Dass der so blöd enden muss! Und peinlich ist das auch. Ich habe überhaupt keine Lust, gleich am ersten Tag im Mittelpunkt zu stehen.

Ich humpele vorsichtig die Steigung hinab und erreiche einen Birkenwald aus eng zusammenstehenden Bäumen. Ich höre ein Knattern, wie von einem Motorrad. Ist hier irgendwo eine Straße? Zwischen den Bäumen kann ich aber keine entdecken.

Wie soll ich bloß zum Camp zurückfinden? Ob ich mich nach der Sonne richten kann? Die steht im Moment hinter mir. Als wir gestartet sind, war die vor uns. Heißt das, ich muss mich von ihr weg orientieren? Bloß hat sich die Sonne inzwischen ja auch bewegt ... Ich versuch's. Wenn ich den Fluss wiederfinde, ist alles gut, ab da weiß ich den Weg zurück.

Der Birkenwald ist zu Ende und dahinten sehe ich das Wasser schon glitzern. Perfekt! Ich balanciere über die Steine, steige vorsichtig die nächste Böschung hinab, in einen Wald voller dicker Kastanien und Eichen hinein. Hier sind wir vorhin aber nicht langgelaufen!

Ich stoppe. Ein merkwürdiges Geräusch hallt durch den Wald. Ich höre genauer hin. Irgendwer fährt mit einem Motorrad durch den Wald! Ab und zu knallt es, als ob die Maschine ein Problem hätte. Das Geräusch kommt näher. Ich sehe mich nach allen Seiten um. Von rechts fährt plötzlich jemand mit einem alten, blauen Motorrad direkt auf mich zu. Ein Junge in schwarzer Lederjacke. Was hat der vor?!

In der nächsten Sekunde rase ich los. Der Schuh fällt mir aus der Hand. Ich hebe ihn nicht auf, ich will nur weg hier, raus aus dem Wald. Meinen nackten Fuß spüre ich nicht, dabei müsste ich schon auf so viele Äste und Wurzeln getreten sein.

Das Motorengeräusch wird lauter. Ich hetze zwischen den Bäumen hindurch. Schweiß tropft in meine Augen. Ich stolpere über eine Wurzel, fange mich und renne weiter. Mein nackter Fuß schmerzt doch, und zwar höllisch.

Etwas Graues schimmert zwischen den Bäumen durch. Ist das Asphalt? Ich werde schneller, erreiche eine Straße, jage in irgendeine Richtung.

Das Motorrad höre ich nicht mehr.

Nach ein paar Minuten kommt mir ein Auto entgegen. Ich humpel weiter, ohne aufzuschauen. Der Wagen ist mir unheimlich, ich weiß ja nicht, wer da drinsitzt!

Ich höre, wie das Auto hinter mir anhält. Es setzt zurück und stoppt genau neben mir. Ich bleibe stehen. Durch das geöffnete Fenster sehe ich den Beifahrer, einen jungen Mann in einem knallgrünen T-Shirt. Er sieht nett aus. Der Fahrer nicht. Düster starrt er auf sein Lenkrad. Sein nackter Oberkörper glänzt vor Schweiß.

»Bist du vom Haus Barke?«, will der Beifahrer wissen.

Er meint sicher das Camphaus. Ich nicke.

»Hast du deine Gruppe verloren?«

»Ja.«

»Sollen wir dich hinbringen?«

Ich habe Schiss. Der Fahrer mit dem nackten Oberkörper guckt mich nicht einmal an. Vielleicht hat der auch bloß keinen Bock, einen Umweg zu fahren.

»Das ist echt noch weit«, sagt der Beifahrer.

›Nie bei einem Fremden einsteigen‹, hat meine Mutter mir eingebläut. ›Wenn du Hilfe brauchst, frag eine Frau mit Kindern.‹ Die spazieren hier bloß nicht rum!

»Die will nicht, Mann.« Der Fahrer sieht mürrisch zu mir rüber: »Lauf halt immer die Straße lang, dann kommt eine Kreuzung, da läufst du rechts rein und immer weiter. In zwanzig Minuten bist du da, dreißig, vielleicht.«

»Mann, Alter, siehst du nicht, wie bleich die ist? Die packt das nicht! Außerdem hat sie nur einen Schuh!«

»Wenn die nicht mitkommen will?!«

Mir ist schummrig und irgendwie auch alles egal.

»Ich steig ein. Danke.«

Hinten im Auto schnalle ich mich nicht an, so komme ich notfalls schneller raus. Der Beifahrer quatscht mit seinem Kumpel sofort über irgendeine amerikanische Serie.
Nur einmal dreht er sich zu mir um.
»Wie alt bist du?«
»Vierzehn«, sage ich.
»Wie meine kleine Schwester. Die würde aber nie freiwillig durch den Wald laufen.«
Bruder mit Schwester ist vielleicht auch okay.
Vor dem Camphaus stehen ein paar Jugendliche, auch Rita. Als sie mich entdeckt, stürmt sie sofort aufs Auto zu. Der Fahrer hält und ich springe raus. Rita fällt mir um den Hals. Wie gut das tut. Ich möchte am liebsten die Augen schließen, aber da marschiert die Trainerin zu uns herüber. Ich kriege todsicher einen Riesenärger.
»Wir fahren dann!«
Ich drehe mich zu den zwei Typen im Auto um.
»Danke.«
»Kein Problem.«
»Wirklich, vielen Dank«, meint auch Frau Icks.
»Ich wollte gerade los und sie suchen.«
Der Fahrer nickt bloß und braust mit seinem Kumpel weg. Frau Icks dreht sich zu mir um, aber ich traue mich nicht, sie anzugucken.
»Tut mir leid, Nele.«
Überrascht hebe ich meinen Kopf. Die anderen aus meiner Gruppe verstummen und hören neugierig zu.

»Ich hätte am Ende der Gruppe rennen müssen, weil Erik ja nicht mehr dabei war. Das ist mein erstes Anfängercamp, entschuldige. Du bist so toll gelaufen.«

»Meine Schnürsenkel sind gerissen.« Ich überlege, ob ich der Trainerin von dem Typen mit dem Motorrad erzählen soll.

Frau Icks entfernt sich aber schon wieder von mir, um allen etwas zuzurufen: »Morgen zeige ich euch, wie man sich im Wald zurechtfindet. Mit speziellen O. L.-Karten. Die Läufe macht ihr erst mal zu zweit.«

Vielleicht erzähle ich's ihr später.

Knackwürstchen

»Jan«, sagt ein unscheinbarer Junge.
»Lena«, sagt ein unscheinbares Mädchen.
»Dafne«, mault eine Schwarzhaarige.
Die Schwarzhaarige war die Letzte.
»Jetzt wisst ihr, mit wem ihr die nächsten drei
Wochen verbringt. Haut rein!«, ruft die
Trainerin, die am Ende des langen
Gruppentisches neben Erik sitzt.
Alle schnappen sich ihre Gabeln und stürzen sich
auf daumendicke Bockwürstchen und
Kartoffelscheiben in Mayonnaisepampe. Das
perfekte Essen nach meinem anstrengenden
Lauf, denke ich, traue mich aber nicht, die Gabel
in die Hand zu nehmen. Meine Hände zittern.
Vielleicht steckt die Angst von vorhin noch in
meinem Körper. Oder es liegt an Nico, der mir
gegenübersitzt und ständig rüberguckt. Oder an
all den anderen, die ich kaum kenne und von
denen ich nicht weiß, wie sie mich finden.
Vielleicht bescheuert, weil ich im Wald die
Gruppe verloren habe, wegen meiner uralten
Schuhe.
Janka stupst mich an.

»Ich hab noch ein paar extra Joggingschuhe mit«, sagt sie, »in 39. Passt dir das?«

»Ja! Danke!« Ich hab zwar 38, aber das klappt schon irgendwie. Also, Janka findet mich auf jeden Fall nicht bescheuert. Ich greife nach meiner Gabel.

»Du Arme!« Lotti lehnt sich hinter Janka zurück, weil sie ja nicht direkt neben mir sitzt. »Hattest du nicht total Schiss allein im Wald?«

Ein paar andere horchen auf.

Nervös lege ich die Gabel zurück.

»Doch ...«, beginne ich zaghaft.

»Ich ...«, Rita brüllt das fast, aber dann wird ihre Stimme leiser, »... hab mich auch mal krass verirrt. Am Strand. Da war ich fünf. Meine Eltern haben gepennt und mir war langweilig, da bin ich einfach zum Meer und immer weiter da langgelaufen. Plötzlich stand ich zwischen lauter nackten Leuten, so mit Baumelschwänzen und Hängetitten ...«

Um mich herum starren jetzt alle Rita an.

Perfekt!, denke ich. Endlich kann ich unauffällig meinen Kartoffelsalat essen!

»Meine Eltern haben sich kaputtgelacht, als sie mich gefunden haben«, quasselt Rita weiter.

»FKGeil«, grinst Marlon.

Nico schaut wieder zu mir rüber. »Du hast echt Kohldampf, oder? Willst du meinen auch noch?«

Ich lege meine volle Gabel zurück. »Nein, danke.«

»Mein Würstchen vielleicht?«, bietet Lukas mir an.
»Bist du Vegetarier?«, hakt Marlon gleich bei ihm nach.
»Nee, auf Diät.«
»Sagen deine Eltern?«
»Die Moppels? Nee!« Lukas lacht schnaubend.
»Den Urlaub hab ich selbst gebucht.«
Lukas hält mir stolz sein dickes Würstchen hin. Ich will ablehnen, aber Rita schnappt es sich, bevor ich was sagen kann. Sie öffnet ihren Mund ganz weit und beißt langsam, mit geschürzten Lippen ab. So sexmäßig eben. Nico schaut runter auf seinen Teller. Marlon dreht sich mit rotem Kopf zu dem Jungen an seiner anderen Seite, Peter. Der läuft wie ein Windhund und sieht auch so aus: dürr, keine Haare auf dem Kopf, und er hat so starre, helle Augen. Sein Essen hat er kaum angerührt. Traut der sich vielleicht auch nicht?
»Warum die Glatze, Alter?«, fragt Marlon ihn.
»Nazi? Oder was?«
»Ich hatte Leukämie.«
»Shit! Und die Haare wachsen immer noch nicht?«
»Doch.«
»Aber du mähst sie ab.«
»Ja.«
»Warum das denn?!«
»Verstehst du nicht.«
Keiner sagt mehr was.

Nachdem wir unsere leeren Teller auf einen Wagen gestellt haben, bitten uns die Trainer, zu ihnen rüberzuschauen. Erik hält eine Karte mit bunten Flecken in den Händen, auf denen unzählige, verschiedenfarbige Linien verlaufen. Wer soll denn da durchsteigen?

»Ach du Scheiße«, stöhnt Marlon.

»Das sind O.L.-Karten«, erklärt Erik grinsend. »Morgen früh zeigen wir euch, wie man sich damit im Wald zurechtfindet. Keine Panik, ist halb so wild!«

»Frühstück gibt's um acht«, ergänzt Frau Icks noch. »Wer räumt das Geschirr auf den Wagen? Immer zwei.«

»Ich mach die erste Runde«, sagt Erik entspannt und dann melden sich noch Janka und Lotti. Die zwei kichern. Ich glaube, die stehen auf Erik.

Frau Icks schiebt ihren Stuhl nach hinten. »Jetzt macht, was ihr wollt, aber bleibt auf dem Gelände oder auf euren Zimmern. Bis elf habt ihr Zeit. Vorher könnt ihr sowieso nicht schlafen.«

Nico reckt grinsend einen Daumen hoch. Ich überlege, auch einen Daumen hochzurecken, aber das sieht vielleicht blöd aus, so, als ob mir nichts anderes einfällt.

Er guckt sowieso schon nicht mehr rüber.

Geschmeidig

Es hat alles so gut angefangen: Beim Abendessen
konnte ich locker gleichzeitig essen und reden,
sogar mit Nele und sogar, als Rita ihre Wurst
vergewaltigte. Warum muss ich dann am Ende so
peinlich verklemmt den Daumen hochrecken?
Das mit Nele wird sowieso nichts, denke ich.
Halte ich mich eben an meine neuen Kumpels,
den tapferen Lukas und Marlon, der sich als
Chefinterviewer des Camps entpuppt. Er nimmt
mich gleich in die Mangel, während wir uns mit
Lukas drei Plätze auf einem breiten
Holzvorsprung am Camphaus sichern.
»Wolltest du hierher, Nico?«
Bei der Frage kann ich nur lachen.
»Ich auch nicht. ›Willste mal was ganz anderes
machen in den Ferien, Schatz?‹«, ahmt Marlon
seine offenbar leicht hysterische Mutter nach.
»›Wir haben was gebucht! Mit Gleichaltrigen! Im
Wald! Sport!‹«
»Und schon hast du im Bus gesessen.«
»Genauestens.«
Kurze Stille, während Marlon gedanklich die
nächste Frage vorbereitet.

»Irgendeine, die du scharf findest? Außer Rita, meine ich?«

»Rita? Nicht mein Reiz-Reaktions-Schema.«

»Du hast sie nicht alle!«, johlt Marlon.

Erik, er hat das Geschirr erstaunlich schnell abgeräumt, kommt raus. Er hat Lotti und Janka im Schlepptau, zwängt sich dann aber neben uns. »Mädchen, was?«

Schweigend lehnen Marlon, Lukas und ich uns zurück. Abendsonne. Beste Temperatur. Warmes Licht. Hulk soll abzischen und uns mit seinen supermuskulösen, behaarten eins neunzig nicht die Partie versauen.

Marlon wirft sein Smartphone mit passablem Lautsprecher an. Eine dunkle Frauenstimme zerfließt in einen geschmeidigen Rhythmus. Wir schielen zu Erik. Der verdrückt sich, was ich ihm hoch anrechne, zurück ins Camphaus. Neben mir beginnen Lukas' Schultern zu zucken. Ich bin mir nicht sicher, ob er es registriert.

»Was?! Wie hat der Langweiler das denn gerockt!«

Marlon zeigt zur Seite. Tatsächlich sind mir die beiden, ich glaube, Lena und Jan heißen sie, hier draußen gar nicht aufgefallen. Sie halten Händchen.

»Hätte ich die mal angebaggert«, meint Marlon. Ehrfürchtig starren wir auf das erste Camp-Paar, das, wenn ich uns Größen hier angucke, wohl auch das letzte sein wird.

Rita und Rose spazieren auf die Terrasse.
Vielleicht sollte ich Nele wirklich so nennen.
Vielleicht ist das aber auch so peinlich wie
Daumenhochrecken, weil man länger aufbleiben
darf.
Marlon dreht die Musik lauter.
Balzverhalten elektronisch.
Lukas' Zuckungen werden heftiger. Alle anderen
treten auf die Terrasse, sogar Depri-Dafne,
sympathisch mit einem Buch in der Hand. Bloß
Peter fehlt.
Ohne Vorwarnung springt Lukas auf und wirft
seine hundert schwabbeligen Kilo durch die Luft.
Alarmiert schnellt Marlons Kopf zu mir rüber.
Muss man eingreifen?
Wir checken noch mal die Lage. Lukas geht so
was von ab, bringt seinen unförmigen Körper mit
mal kreisenden, mal zuckenden Bewegungen
zum Vibrieren, dass es eine Offenbarung ist.
»Was für eine coole Sau«, flüstert Marlon.
Alle glotzen. Keiner bewegt sich. Selbst Rita
traut sich nicht auf die Tanzwiese. Die
Konkurrenz ist zu fett.
»Wuuuuh!«, grölen die beiden Blonden.
Ich stelle mir vor, ich tanze auch, so geschmeidig
wie der dicke Buddha vor mir. Meine
Mundwinkel wandern nach oben und meine
Schultern rucken vorsichtig zur Musik auf und
ab. Ich schiele zu Rose. Sie reckt einen Daumen
in die Höhe. Scheiße, mache ich eben noch mal
den Nico. Daumen hoch! Für Nele. Und für für

den tapferen Lukas, die coole Sau, der gerade
Lotti auf die Wiese zieht.

Trockentraining

Pünktlich um elf ist jeder auf seinem Zimmer.
Wir wollen die Trainer nicht schon am ersten Tag
austesten.
Lukas schnorchelt gleich zufrieden weg.
»Meinst du, die stehen jetzt alle auf den?«, fragt
Marlon.
»Auf Lukas? Weiß nicht. Ich hoffe, nicht alle.«
»Wer soll'n lieber auf dich stehen?«
»Weiß nicht.«
»Hast du schon 'ne Freundin?«
»Hältst du irgendwann auch mal die Klappe?!«
»Empfindliches Thema?«
Marlon ist nicht abzustellen und ja, es ist ein
empfindliches Thema. Ich bin vierzehn und hab
noch nie Sex gehabt. Geküsst habe ich schon, ein
paar Mädchen, also zwei. Meine Antwort ist ein
uneindeutiges ›Mh‹. So kommuniziere ich sonst
nur mit meinen Eltern.
Dann plötzlich Stille, bis auf Lukas' seliges
Geschnarche. Erst jetzt wird mir bewusst, wie
geheimnisvoll der Mond zu uns ins Zimmer
scheint. Und wie heiß es immer noch ist.
Normalerweise sehe ich in so einer anregenden

Atmosphäre Brüste, lege meine rechte Hand an und los geht's mit dem besten Schlafmittel der Welt. Ich sehe auch gleich Brüste. Neles Zitronen. Sie sind bloß zu schön.

Ich kann einfach nicht.

Ich versuche, mir anonyme Brüste vorzustellen, aber meine Synapsen glühen woanders. Vor meinem geistigen Auge reckt Nele einen Daumen in die Höhe. Stunden später befinde ich mich in gleicher Position und im selben Dilemma.

»Schlecht geschlafen?«, erkundigt sich ausgerechnet meine Peinigerin beim Frühstück. Ich schnaufe auf. Nele guckt erschrocken. »Nicht so gut«, erkläre ich meinen Schnaufer.

Rita lacht. Es klingt, als lache sie Nele und mich aus, aber wie sich zeigt, bin bloß ich gemeint: »Ist das dein T-Shirt?«

Ich habe vor Müdigkeit total vergessen, dass ich in einem für mich heißluftballonartigen T-Shirt von Lukas stecke. Weil er viel schwitzt, hat er Massen davon eingesteckt, ich hingegen aufgrund der Zeitproblematik vor der Abreise nur ein einziges. Und Marlon ist ultrageizig mit seinen sieben Exemplaren, dafür aber sehr großzügig mit beschissenen Kommentaren.

»Du siehst aus wie 'ne Transe.«

»Ja, danke.«

»Schwingt bestimmt schön am Arsch beim Laufen.«

»Reicht jetzt, Alter.«

»Oh! Habe ich dich verletzt?«

Der Flachgeist weiß echt nie, wann's genug ist.
Zum Glück wechselt meine Rose das Thema.
»Ich hab Rei in der Tube mit«, bietet sie mir an.
Ich unterdrücke einen Impuls, den Daumen
hochzurecken. Ich kenne Rei in der Tube nicht,
aber es klingt so positiv.
»Du bist echt spießig, Nele, mach dich mal
locker.«
Rita kotzt mich an. Warum ist Nele bloß auf
einem Zimmer mit der? Zum Glück meldet sich
die Icks mit einem Trainingsbefehl. »Alle fertig?
Dann raus: Kartentraining!«
Wir sitzen auf der Wiese in einer großen Runde.
Ich sitze im Schneidersitz, für mich persönlich
die lässigste Position im Sitzen auf flachem
Grund, aber das kann man anders sehen. Lukas
sieht es anders. Er liegt auf dem Rücken und
streckt seinen Bauch heraus, als wolle er ihn nie
loswerden.
Trainerin Icks bittet um allgemeine
Aufmerksamkeit.
»Und der Kindergarten da ist auch still!«
Sie meint damit einen Typen namens Ben und
dessen Combo: ein jungenhaftes Mädchen mit
superkurzen Haaren und einen Typen, der Ben
alles nachmacht. Die drei sehen aus, als wären
sie zehn Jahre alt, und benehmen sich auch so.
Hulk verteilt die gefürchteten O. L.-Karten, die
mich an die Strickhefte meiner Uroma Ellen
erinnern.

»Was seht ihr? Ideen?«, fragt Trainerin Icks.
Vielleicht dürfen wir, wenn das hier schnell geht,
noch mal auf unsere Zimmer vorm Mittagessen.
Ein kleines Nickerchen machen.
»Weiß ... Das ist Gelände, wo man durchlaufen
kann?«
»Richtig, Nico!«, sagt die Trainerin zackig.
»Grün: Waldbewuchs,« macht Peter weiter.
Ich, poetisch: »Je dunkler das Grün, desto
dichter der Wald.«
Er, sachlich: »Blau: Wasser, Fluss, Bach.«
Wir spielen weiter Karten-Pingpong, bis uns ein
Knattern unterbricht. Ein Typ in unserem Alter
und in schwarzer Lederjacke fährt auf einem
Uraltmotorrad dicht an uns vorbei. Ich frage
mich, wie der was sehen kann, denn sein
drahtiger Pony fällt ihm dicht in die Augen. Er
hält vor der Haustür, um eine Ladung Tetrapacks
ins Haus zu schleppen. Nachschub, für uns.
Ich schiele, während ich Peter allein Karten-
Pingpong spielen lasse, zu Nele herüber. Sie
starrt auf die Tür, bis der Typ zurückkehrt und
versucht, sein Gerät in die Gänge zu bekommen.
Das Motorrad will nicht. Ein paar aus der Gruppe
lachen. Marlon faselt was von ›Muschi‹, was den
Haarschnitt des Typen leider genial beschreibt.
Aggressiv wirft sich der Typ in seiner viel zu
warmen Jacke in die Pedale. Endlich zündet der
Motor und er kann flüchten.
Ich schiele zu Nele hinüber.
Irgendwas stimmt nicht.

Leben pumpen

Wir laufen einen Stern-O.L., so eine Art
Orientierungslauf für Anfänger. Beim Stern-O.L.
muss man nur einen Posten finden. Danach soll
man gleich wieder zurück zum Startpunkt, um
sich die Karte für den nächsten Posten zu holen.
Außerdem dürfen wir zu zweit laufen. Das ist
mir, nachdem ich den Jungen in der schwarzen
Jacke wiedergesehen habe, auch lieber. Ob ich
Frau Icks doch von dem erzähle? Aber was? Dass
er im Wald mit seinem Motorrad auf Leute
zufährt?
Ich starte mit Peter, obwohl zwei Starke
eigentlich nicht zusammen rennen sollen.
Vielleicht traut mir die Trainerin nichts mehr zu.
Dabei habe ich, glaube ich, verstanden, wie wir
uns mit den O.L.-Karten orientieren können.
Noch mal werde ich mich nicht verlaufen.
Wenigstens rennt Rita nicht mit Nico, auch wenn
sie gleich zu ihm gesprungen ist, als Erik die
Zweiergruppen eingeteilt hat. Kapiert die nicht,
dass ich den mag?
»Bleiben wir auf dem Pfad?«
»Was?«
»Guck mal auf die Karte.«

Bis jetzt bin ich Peter bloß nachgelaufen.
Hektisch suche ich auf der O.L.-Karte den besten
Weg zu unserem ersten Posten.
»Über den Bach sind wir bestimmt am
schnellsten.«
»Alles klar.«
Ich hätte gedacht, dass er die Route bestimmen
will, aber Peter prescht gleich los, in Richtung
Bach. Schon nach ein paar Hundert Metern
brennen meine Oberschenkel. Mist. Ich habe die
Höhenlinien auf der Karte übersehen! Wir
müssen einen krassen Anstieg hinauf, einen
voller Äste, Wurzeln und kleiner Gewächse, wo
man hängen bleiben kann.
Peter nimmt seine Karte in den Mund. Mit den
Händen hält er, auch für mich, die Äste zur Seite.
Bestimmt ist er stinksauer. Ich gebe alles, um mit
ihm Schritt zu halten. Ich muss diesen Anstieg
schaffen!
Als ich das Gefühl habe, meine Beine halten mich
nicht mehr, stehen wir oben. Von da geht's gleich
wieder steil bergab. Peter zögert keine Sekunde.
Ohne abzubremsen, rennt er den Abhang
hinunter und springt unten über den Bach. Ich
stoppe nicht rechtzeitig, stolpere ins Wasser
hinein und kichere los. Schweigend wartet Peter,
bis ich weiterlaufe. Es geht über sumpfigen
Boden. Unsere Füße erzeugen so merkwürdige
Schmatzgeräusche, dass ich wieder einen
Lachanfall bekomme. Bis ich die dicke,
schnurgerade Ader auf Peters Glatze bemerke.

Die ist voll mit dunklem Blut, das wir beim Laufen durch unsere Körper pumpen.

Ich bleibe kurz stehen.

Er wartet wieder, ohne mich anzusehen.

»War nicht die beste Route«, entschuldige ich mich. Peter blickt auf. Die Sonne scheint in seine starren, wasserblauen Augen.

»Doch.«

Er zeigt auf eine rot-weiße Stofflaterne, die an einem weißen Band von einem Ast baumelt.

Unser erster Posten!

Ich schreibe den Zahlencode auf meine O. L.-Karte. Zum Beweis, dass wir ihn auch wirklich gefunden haben. Im nächsten Moment spurten wir zurück. Ich ziehe das Tempo an. Peter schließt zu mir auf. Dann zieht er wiederum das Tempo an und ich hole ihn ein. Wir holen mit unseren Beinen gigantisch weit aus und werden nicht mehr langsamer.

Am Sammelplatz reicht uns Erik die Karte für den nächsten Posten.

»Und gleich weiter«, ruft Frau Icks. »O. L. ist ein Wettkampfsport!«

Wir preschen in den Wald zurück.

Im Laufen lache ich Peter an, obwohl ich ja weiß, dass er nie zurücklächelt. Aber komisch, sein Gesicht strahlt plötzlich auf wie eine Sonne, die nicht mehr von Wolken verdeckt ist. Peter denkt nicht mehr an seine Krankheit. So wie ich beim Laufen nicht mehr an die Trennung meiner Eltern denke.

Wir sind einfach glücklich.

Locker lassen

Ich versuche zu pinkeln, könnte aber heulen,
weil mir immer wieder dieses Bild ins Hirn
springt: Ich erreiche mit meinem Laufpartner
Klein Ben als Zweiter die Ziellinie und sehe dort
meine Rose erstarren, weil Glatze sie anlächelt.
Ich sag's ehrlich: Nazi mit Synapsenproblem
wäre mir lieber gewesen. Gegen diesen
Supersportler mit schwerem Schicksal habe ich
null Chancen. Schon gar nicht in Lukas' Jumbo-
Shirt.
Scheiße.
»Kommt nichts?«, erkundigt sich Lukas
empathisch.
Bei ihm kommt umso mehr. Er trinkt immer,
wenn ihn der Hunger packt, und der packt ihn
eigentlich den ganzen Tag. Marlon holt sein Ding
gerade erst raus. Gewohnheitsmäßg vergleichen
Lukas und ich. Wir sind zufrieden mit uns, ohne
Mitleid haben zu müssen.
Entspannt legt Marlon mit seinem
Durchschnittskerl los.
»Schlecht drauf?«, beginnt er sein heutiges
Interview mit mir.
»Ja«, gestehe ich.

»Weil Peter und Nele gewonnen haben?«
»Was?«
»Bist du immer so ehrzgeizig?«
»Quatsch!«
»Warum dann die Hackfresse?«
»Schnauze, ja?!«, versuche ich ihn zu stoppen.
Marlon zieht achselzuckend seine Trainingshose
hoch und marschiert raus, gefolgt von Lukas.
Erleichterung meinerseits: Endlich fließt's.
Bis Rita kommt. Damenbesuch auf dem
Herrenklo, wie originell.
»DA bist du!« Sie klingt, als habe sie mich
überall gesucht.
Ich versuche, locker zu bleiben. Weiterzupissen.
Rita kommt näher. Zu nah. Ich reiße meine Hose
hoch. Sie geht grinsend noch einen Schritt
weiter, sodass mich ihre großen, runden,
weichen Brüste berühren. Ich fühle mich
ungewollt oder vielleicht doch gewollt biologisch
nachtaktiv.
Ich muss was tun.
Ohne groß darüber nachzudenken, greife ich
nach Ritas Hand. Sie zieht mich raus in den Flur,
schlingt ihre Arme um meinen Hals und presst
ihre Lippen auf meine. Der Kuss fühlt sich gut
an. Und falsch. Egal.
Rita ist keine Rose, aber vielleicht ist das auch
besser so.

Höhlenfeuer

Die Läufe werden von Tag zu Tag schwieriger.
Heute früh mussten wir sechs Posten am Stück
suchen, bevor wir zum Sammelplatz
zurückkommen durften. Wir starten zum Glück
immer noch in Zweierteams, jedes Mal mit
jemand anderem. Fast bei jedem Lauf höre ich
das Motorrad des Jungen mit der schwarzen
Jacke. Ich habe Frau Icks schon zweimal gefragt,
was der da macht. Ob sie das nicht auch komisch
finde, dass der bei unseren Läufen mit seinem
Motorrad im Wald herumfährt. Aber Frau Icks
meint, dem sei bloß langweilig. Er ist der Sohn
der Campbesitzer.
Der Lauf mit Peter war bisher am schönsten.
Und, komisch, am zweitschönsten war der mit
Rita. Sie ist so lieb, wenn wir allein sind. Gestern
Abend hat sie mich in den Arm genommen, weil
ich geweint habe. Ich hatte vorher mit meinem
kleinen Bruder telefoniert. Er hat gefragt, warum
ich morgen nicht wiedergekommen bin.
Ich hab so'n schlechtes Gewissen deswegen.
Heute gehen wir nicht in den Wald. Wir machen
einen Ausflug zu den Externsteinen. Und

peinlicherweise sitze ich im Bus schon wieder allein herum.

Rita ist mit Nico beschäftigt. Heute Morgen haben sich die beiden auf der Terrasse geküsst. Und im Bus haben sie sich sofort nach hinten verzogen. Toll finde ich das nicht, aber Rita ist eben schon lange in Nico verliebt. Das hat sie mir selbst gesagt. Ob ich es bin, weiß ich gar nicht, deswegen lasse ich Rita eben machen. Ich war noch nie richtig verliebt, ich meine, so, dass ich jemanden unbedingt küssen wollte.

Wie fühlt sich das wohl an?

In der Reihe neben mir kuscheln Jan und Lena. Ich muss daran denken, wie meine Eltern letztes Jahr endlich mal wieder Händchen gehalten haben. Vorn im Auto, auf dem Weg nach Dänemark. Dann fing Ferdi an rumzukrakeelen. Ich hab ihn hinten nicht ruhig bekommen. Nach dem Urlaub ist Papa dann ausgezogen. Mist, jetzt kommen mir die Tränen. Dabei ist das schon ein Jahr her!

»Kann ich ans Fenster?«

Rita steht plötzlich neben mir. Ich wechsel schnell den Platz und versuche zu lächeln. Aber Rita ist selbst total durch den Wind. Die merkt gar nicht, dass ich geweint habe.

»Was ist passiert?«, frage ich.

»Der will doch nix von mir!«, antwortet sie, nachdem sie sich an mir vorbeigequetscht hat.

»›Du bist toll, Rita, aber irgendwie …‹« Sie setzt

einen Hundeblick auf, und ich muss lachen, weil
Nico oft genauso guckt. Rita lacht nicht.

»Ich hab ihn gefragt«, erzählt sie wütend weiter,
»ob er auf eine andere hier steht.«

»Und?«

»Auf wen denn?!«, schreit Rita, als wäre ich an
allem schuld. Sie zwängt sich wieder an mir
vorbei und verscheucht Lukas von seinem Platz.
Sie will neben Marlon sitzen.

»Was für eine Ehre!« Marlon legt gleich einen
Arm um sie. Rita kichert und quasselt los, als
wäre sie in Bestlaune.

Sie hört sich so falsch an.

»Was ist'n mit der los?«

Janka und Lotti haben sich zu mir umgedreht. Ich
will den beiden das von Rita und Nico aber nicht
erzählen.

»Woher kennt ihr euch eigentlich?«, versuche ich
Lotti und Janka abzulenken.

»Meine Mutter lebt mit ihrem Vater zusammen«,
erklärt Janka.

»Ich schlaf alle zwei Wochen bei denen«, sagt
Lotti.

Die haben's also auch kompliziert.

Die Externsteine sehen aus, als hätten
Riesenkinder Steine wie Bauklötze aufgetürmt.
Krumm und schief, und man weiß überhaupt
nicht, wozu, aber es ist schön.

Wir steigen eine Treppe hoch, die in die
Riesensteine gehämmert worden ist und auf eine
Plattform führt. Tief unten liegt ein glänzender

See und dahinter erstreckt sich der unendliche Teutoburger Wald.

Ben und dieses burschikose Mädchen schubsen ihren Freund, mit dem sie immer abhängen. Ich glaube, sie wollten nur Spaß machen, aber der Junge knallt so heftig gegen die Absperrung, dass er mit den Füßen abhebt. Erik zieht ihn blitzschnell am T-Shirt zurück.

Frau Icks rastet aus. So wütend habe ich die noch nie gesehen.

»Sagt mal, habt ihr sie noch alle?! Ihr geht runter, alle drei! Kapiert ihr nicht, wie hoch wir hier sind?!«

Die drei trollen sich. Erik legt beruhigend einen Arm um Frau Icks. Ihre Mundwinkel zittern.

Ich steige wieder nach unten, wo Ben und seine Gang alles Mögliche in den See werfen. Dann versuchen die drei kichernd, ihre Nasen mit den Zungen zu berühren. Wie die Kleinen aus der Grundschule. Obwohl die so alt sind wie wir.

Ich bin schlapp wegen der Hitze und fläze mich ins Gras. Mit geschlossenen Augen denke ich an Nico. Da höre ich Schritte hinter mir. Nico, ausgerechnet Nico setzt sich neben mich. Ich weiß gar nicht, was ich sagen soll, aber immerhin schaffe ich es, zu lächeln.

Blöderweise entdeckt Lukas uns und kommt auch rüber.

»Hast du Marlon gesehen?«, keucht er und nimmt einen großen Schluck aus der

Wasserflasche, die er immer mit sich herumträgt.
Nico schüttelt den Kopf.
»Ist der mit Rita weg?«
»Keine Ahnung.«
Lukas lässt sich neben uns ins Gras fallen. Sein
rotes T-Shirt ist am Bauch komplett durchnässt,
so heftig schwitzt er in dieser Affenhitze.
»Kaugummi?«, bietet er uns an.
»Nein, danke«, sage ich.
Nico nimmt eines. Dann quatschen die beiden.
Ich fühle mich überflüssig und verdrücke mich.
Der Himmel wird immer grauer und die Luft
zieht sich zusammen. Bestimmt fängt es gleich
an, zu gewittern.
Ich balanciere über riesige Steine, bis ich den
Eingang zu einer Höhle entdecke. Licht dringt
durch die Ritzen hinein. Ich höre
Atemgeräusche. Woher kommen die?
Vorsichtig schleiche ich in die Höhle und
verstecke mich hinter einem Steinvorsprung.
Rita und Marlon.
Sie umarmen sich. Aber nicht nur das. Rita fährt
mit ihrer Zunge langsam über Marlons
Unterlippe. Marlon öffnet seinen Mund und
verschlingt ihre Zunge, so sieht es zumindest
aus.
Eine heiße Welle schwappt durch meinen Körper.
Ohne zu atmen, schleiche ich wieder hinaus.
Regentropfen prasseln auf meine nackten Arme.
Mein Unterkörper pocht, als sitze da mein Herz.

Tagaktiv

Marlon leiht mir tatsächlich eines seiner sieben T-Shirts. Die pure Dankbarkeit, weil ich ihm bei Rita nicht mehr im Weg stehe. Aber ich bin Romantiker. Ich stehe nicht auf Frustküssen. Und vor allem: Ich stehe nicht auf Rita. Sondern auf Nele, das ist mir endgültig klar geworden, als ich sie gestern im Gras liegen sah. Schöner als jede Rose. Wie sie mich angelächelt hat!
Ich glaube, Nele will auch. Aber natürlich muss ich als Mann den Anfang machen. Denke ich zumindest. Sagen ja alle.
Flattrig und fickrig verlasse ich das Zimmer. So wach war ich schon ewig nicht mehr frühmorgens um acht.
»Wohin?«, fragt Marlon.
»Nele.«
»Mädels, oder?«, seufzt mein Kumpel beglückt. Bedröppelt nimmt Lukas einen Schluck aus seiner Wasserflasche.
»Du hast sichtbar abgenommen!«, versuche ich den tapferen Mann aufzumuntern, aber er schaut nicht mal zu mir rüber.
Im Flur sehe ich den Typen in der Lederjacke mit einem Wischmopp hantieren.

»Gibt's was zu glotzen?«, blafft er mich an.
»Warum die dicke Jacke?«, erkundige ich mich höflich.
»Geht dich'n Scheiß an!«, blafft Lederjacke zurück.
»Dein neuer Freund, Nico?«, fragt Marlon, der plötzlich hinter mir im Flur steht. »Ich dachte, du hast schon 'ne Muschi?«
»Ihr Wichser!«
Mein neuer Freund lässt den Mopp ins Wischwasser platschen. Marlon springt kreischend zurück und wischt seine Arme angeekelt am Shirt ab. Ich spüre das unschöne Nass an meiner Hose.
Lederjacke grinst und genießt.
»Grins nicht so blöd, Muschi!«, brüllt Marlon.
Ich beende den peinlichen Moment, indem ich Marlon in unser Zimmer zurückschiebe und die Tür hinter ihm schließe. Lederjacke vermeidet jeglichen Blickkontakt mit mir und bearbeitet aggressiv den unschuldigen Boden.
Ich klopfe bei Nele.
»Ja?«, höre ich Ritas gelangweilte Stimme.
Ich öffne die Tür und gehe ins Zimmer hinein.
Rita, in Top und Slip, zieht hochnäsig eine Augenbraue hoch.
»Ich wollte Nele kurz was fragen.«
Rita dreht sich weg, als interessiere sie das nicht, und streift sich knallgrüne Shorts über ihren halb durchsichtigen Tanga. Ich unterdrücke sämtliche biologischen Impulse und

schiele zu Nele herüber. Meine Rose sitzt auf
dem Boden und lächelt mich an, während sie
eine dicke Socke über eine andere zieht, als wäre
sie in der Antarktis.

»Hast du beim Laufen kalte Füße?«

»Die Schuhe von Janka sind mir'n bisschen
groß.«

Rita starrt sichtlich genervt herüber. Die ist
eifersüchtig, weil ein Typ sie mal nicht scharf
findet. Das macht mich nervös, aber ich ziehe
meinen Plan durch.

»Ich komme wegen Rei in der Tube.«

»Klar!«

Nele nimmt eine dicke, gelbe Tube mit rotem
Deckel vom Regal und drückt sie mir freundlich
in die Hand. Ein Handwaschmittel. Ich lache
beglückt.

»Freust du dich immer so über Waschmittel?«,
stichelt Rita.

»Bloß über dieses. Danke, Nele!«

Und dann gebe ich meiner Rose einen Kuss, der
unglücklich auf ihrem Ohrläppchen landet. Ich
höre Rita lachen. Mich auslachen. Romantik
kann so danebengehen, wie auch mein folgender,
leicht hysterischer Aufruf beweist:

»Das ist bestimmt echt super, das Rei!«

»Die Sachen werden total sauber!«

»Das glaube ich!«

Irgendwie gelange ich aus dem Zimmer.

Auf dem Flur komme ich wieder an Lederjacke
vorbei, der neben seiner Mutter und mit einer

Ladung dreckiger Handtücher die Treppe herunterstapft. Ohne auf die beiden zu achten, eile ich auf mein Zimmer.

Marlon ist schon weg. Bloß Lukas sitzt noch immer auf seinem Stuhl. Ich denke erst, der schwitzt, aber er heult. Was ist denn mit dem tapferen Lukas los?

»Wegen des Laufs gleich? Weil wir zum ersten Mal allein starten?«, frage ich, bin aber unsicher, ob ich richtigliege. Lukas glotzt mich verstört an.

»Denk einfach nicht so viel nach.«

Lukas erhebt sich mit einem verzweifelten Schnauber.

Die Luft draußen ist schon wieder saharaheiß. Auf der Wiese verteilt Frau Icks Startnummern, wie bei einem Wettkampf. Die verwechselt uns manchmal mit ihrem Hochleistungsjugendkader, von dem sie ständig erzählt.

Jeder bekommt eine Karte und einen Stift. Hulk zeigt uns außerdem, wie man den Daumenkompass benutzt.

»Erik hat zwölf Stoffschirme im Wald verteilt«, textet die Icks los. »Unter denen findet ihr wie immer einen Code, den ihr auf die Rückseite eurer O. L.-Karte notieren müsst. Setzt den Kompass zur Groborientierung ein, aber bestimmt die genaue Route mit der Karte. Verliert nie die Nerven. Ihr seid mittlerweile alle gut genug, um allein zu starten.«

»Wenn ihr in einer Stunde nicht alle Posten gefunden habt«, fügt Hulk noch hinzu, »nicht schlimm. Kehrt einfach zurück.«

»In anderthalb«, verbessert ihn Leutnant Icks.

»Jetzt bestimmt euren Standpunkt auf der Karte. Ich rufe euch einzeln auf. Ihr startet im Abstand von fünf Minuten.«

Es ist elf Uhr. Ich fühle mich konzentriert und tagaktiv.

»Nico!«

Los geht's, als Fünfter.

Ich laufe lieber flache Strecken und vermeide alles, was ungemütlich hoch oder runter geht. Es ist besser für die Füße und die Atmung, außerdem kann ich so öfter auf die Karte gucken, ohne stehen bleiben zu müssen.

Sechs Posten habe ich schon gefunden. Ich notiere gerade den Zahlencode des siebten, der an einer Tanne baumelt, als ich ein vertrautes Knattern höre. Bloß klingt es diesmal viel zu nah. Lederjacke fährt mit seinem verdreckten, blauen Motorrad straight auf mich zu. Der hat sie doch nicht mehr alle! Ich will schnell weiterlaufen, aber er schießt mir fast über die Füße.

»Ey, du Spinner, geht's noch?«, brülle ich.

Er wendet und steuert wieder auf mich zu, mit noch mehr Speed. In letzter Sekunde weiche ich ihm aus. Er umrundet mich ein letztes Mal und rast weiter.

Zwischen Zweigen

Vier Posten habe ich schon. Ich folge der
Luftlinie zum fünften über die Gesteinsbrocken.
Rita ist direkt vor mir gestartet, aber eingeholt
habe ich sie noch nicht. Ich würde so gern
gewinnen oder wenigstens Zweite hinter Peter
sein. Wenn es nur nicht so heiß wäre. Und wenn
ich nicht ständig dieses blöde Motorrad hören
würde.
Ich versuche, mich aufs Klettern zu
konzentrieren. Die Steine sind glatt, einmal
rutsche ich fast ab. Oben sehe ich den fünften
Posten in einer Fichte baumeln. ›23795‹ schreibe
ich auf meine Karte. Ich wünschte, wir hätten
Chipkarten, wie bei richtigen O.L.-Wettkämpfen,
das ginge viel schneller.
Der nächste Posten liegt weiter im Osten. Ich
lege den Kompass auf der Karte an und
bestimme die Luftlinie. Die führt durch ein
Sumpfgebiet, das muss ich natürlich umlaufen.
Der Pfad ist total verschlängelt, da verliere ich
endlos Zeit. Ich wähle eine Route durch den
Mischwald, auch wenn der Boden voller
Feinwurzeln ist. Ich komme da schon durch.

Das Motorrad höre ich nicht mehr, nur das Knacksen der Äste unter meinen Füßen. Ein Marienkäfer krabbelt meinen Handrücken hoch. Ich puste ihn vorsichtig weg und höre im selben Moment ein Kreischen, wie der Schrei eines größeren Tieres.

Ich schaue in die Richtung, aus der das Geräusch kam, und dann höre ich's wieder und kapiere, das ist kein Tier. Da schreit ein Mädchen. Aber wo ist sie? Ich lausche in den Wald hinein. Ein Vogel fliegt flatternd weg. Weit, weit hinten, verdeckt von Farnen und Büschen, blitzt etwas auf.

Grüne Shorts.

Rita.

Sie liegt auf dem Boden. Ich sehe, wie ihr Kopf sich hebt, aber ich glaube, sie kommt nicht hoch. Weil irgendwer sie, glaube ich, runterdrückt. Schlägt sie da nicht mit den Armen um sich? Wieder höre ich das Motorrad, dieses Knallen und Knattern. Dann rennt einer weg, einer mit dunklen Klamotten, aber irgendwas leuchtend Blaues blitzt da auch auf zwischen den Zweigen. Oder bilde ich mir das nur ein?

»Rita!«, schreie ich endlich.

Ich sehe, wie sie sich aufrichtet und davonrennt. Kurz darauf ist Rita hinter einer Böschung verschwunden. Ich rase los. In welche Richtung ist sie weg? Rita kann überallhin gelaufen sein! Das Knattern des Motorrads dröhnt wieder in meinen Ohren und macht mich unfassbar

wütend. Natürlich, das war der Campjunge!
Dieses Arschloch!
Das Motorrad jault auf und rast dröhnend durch
den Wald. Ich muss weg von diesem furchtbaren
Geräusch, ich muss zum Camp. Im Laufen
schaue ich auf die Karte, bleibe an einer Wurzel
hängen und falle. Ich rappele mich wieder auf
und versuche, den Pfad zurück zum Camp zu
finden. Der muss hier doch irgendwo langgehen
... Ich entdecke den Pfad und laufe darauf zu.
Das Knattern wird leiser und leiser.
Den Sammelplatz erreiche ich als Letzte, mit
Seitenstechen und bloß fünf Postencodes.
Wo ist Rita?
Lachend winkt sie zu mir herüber. Ich weiß nicht,
ob ich erleichtert sein soll oder nicht.
Warum lacht Rita so?
Die Trainerin kommt auf mich zu.
»Was war denn los, Nele?«
Ich zucke mit den Achseln. Ich weiß nicht, was
los war.
»Karte verloren?«
Ich zerknülle die Karte in meiner Hosentasche
und nicke.
»Da war wieder der Junge auf dem Motorrad ...«
»Was hast du denn immer mit dem?«, unterbricht
mich Frau Icks ungeduldig. »Konzentrier' dich
auf deine Route. Sonst nützen dir die schnellsten
Beine nichts.«
Sie lässt mich stehen.

Ich schaue wieder zu Rita hinüber. Die sieht wirklich aus wie immer. Oder tut die nur so?
Nico marschiert mit seinen langen, schlenkernden Armen auf mich zu.
»Irgendwas passiert?«, fragt er mit diesem Hundeblick, den Rita so perfekt nachmachen kann und den ich so mag.
Ohne darüber nachzudenken, falle ich Nico um den Hals. Eine Sekunde später denke ich, dass ich mich gerade total blamiere, und zwar vor allen. Da spüre ich Nicos Hände an meinem Rücken. Ich merke, wie mein Herz ruhiger schlägt, und schiele noch mal zu Rita hinüber. Sie sieht mir in die Augen, lacht schrill und hört sich wieder so falsch an.

Umgeblättert

Gut, dass ich den alten Bademantel mit den
blöden Herzen eingepackt habe. Wir müssen zum
Duschen über den Flur, das wäre peinlich, wenn
mir da mein Handtuch runterrutschen würde. So
komme ich wenigstens angezogen in unserem
Zimmer an.
Rita liegt mit einem Buch auf dem Bett. Sie hat
sich schon fürs Abendessen umgezogen.
Komisch. Sonst läuft sie immer bis zur letzten
Minute in ihren Tangas herum.
»Schon fertig?«
»Ja.«
Sie blättert eine Seite in ihrem Buch um, eine
Liebesgeschichte, geschrieben von einer
Fünfzehnjährigen. Ich kämme meine nassen
Haare und schiele aufs Bett. An Ritas rechtem
Oberarm entdecke ich einen bläulichen Fleck.
»Was ist da passiert?«
»Was meinst du?«
»An deinem Arm.«
»Ach da ... Ich bin bloß an 'nen Ast gekommen.«
»Komisch, dass da gar nichts aufgeratscht ist.«

Sie zuckt mit den Schultern und blättert wieder eine Seite vor und dann ein paar Sekunden später noch eine.

Liest sie überhaupt?

»Hast du auch wieder das Motorrad gehört?«

»Mh.«

Und umgeblättert.

»Ich hab dich gesehen.«

»Aha.«

Nächste Seite.

»Im Wald.«

»Mh.«

Wieder umgeblättert.

»Du lagst auf dem Boden.«

»Sag mal, lässt du mich mal lesen?«

»Du liest doch gar nicht!«

»Ey, geht's noch?«

Ich will zu ihr hin, trau mich aber nicht.

Rita liest weiter oder tut zumindest so.

»Irgendwas ist dir im Wald passiert!«, sage ich.

Rita lacht höhnisch, so, als hätte ich sie nicht alle.

»Nichts ist mir passiert.«

Ihre Hände umklammern das Buch so fest, dass sich ihre Fingerkuppen weiß färben. Als Rita bemerkt, wo ich hingucke, lässt sie das Buch aufs Bett fallen. Grinsend streicht sie sich durch ihre dicken, rotblonden Locken.

»Darf ich keinen Spaß haben? Hast du doch auch! Oder glaubst du, ich merk das nicht, das mit dir und Nico? Ist mir aber egal. Der küsst sowieso scheiße.«

Die Tür geht auf und Lotti huscht rein.

»Wir machen um Mitternacht 'ne Party auf dem Zimmer von Nico, Marlon und Lukas«, erzählt sie uns aufgeregt. »Muschi besorgt was zu trinken, die Jungs haben ihm Geld gegeben. Kommt ihr auch?«

Ich nicke, auch wenn ich bloß an die Sache im Wald denken kann. Rita liest weiter oder eben auch nicht.

Beim Abendessen, Nudeln mit Schinken-Sahne-Soße, tuscheln alle wegen der Party heute Nacht. Aber ich kann bloß an Rita denken.

»Was ist denn mit euch los?«, fragt Erik und sieht zur Trainerin rüber. »Wegen des Laufs heute Morgen?«

»Habt ihr alle super gemacht!«, sagt Frau Icks. »Peter hätte sogar in meinem Jugendkader mitlaufen können.«

Ich sehe zu Peter hinüber. Er schaut nicht mal auf, sondern stochert todernst in seinem Teller rum. So, als müsste er erst mal überlegen, welche Nudel er essen soll. Oder ob überhaupt. Ich glaube, dem ist das total egal, ob er gewinnt oder nicht.

Nico stupst mich unterm Tisch mit dem Knie an.

»Kommst du auch heute?«, fragt er mich leise.

»Ich glaub schon«, flüstere ich zurück.

»Hört mal«, schneidet Frau Icks unser Getuschel ab, »wir machen die Nachbesprechung gleich jetzt, dann habt ihr heute Abend frei. Also: Lukas, du warst heute einer der schnellsten. Weil du eine optimale Route hattest! Nico, du hast's dir mit dem Laufpfad viel zu gemütlich gemacht. Ben und Dafne, ihr habt zwei Posten ausgelassen, guckt öfter auf die Karte ...«

Zu mir sagt sie nichts.

Gegen zehn Uhr stehe ich dann vor dem Spiegel über unserer Kommode und versuche, mich zu stylen. Rita liest wieder oder tut so und redet kein Wort mit mir.

»Müssen wir auf die Party?«, fragt sie plötzlich. Überrascht drehe ich mich zu ihr um. Rita sieht müde aus. Oder traurig. Sie tut mir leid. Ich glaube, ich kann sie heute Abend nicht allein lassen. Dabei würde ich so gern zu der Party gehen. Ich meine, was denkt Nico, wenn ich nicht komme?

»Du musst ja nicht«, antworte ich. »Soll ich lieber auch hierbleiben?«

»Quatsch.« Sie wirft ihre Haare zurück. »Ist vielleicht besser, als hier zu hocken. Bringt ja nichts.«

»Wie meinst du das?«

Rita zuckt die Achseln.

Ich versuche, mir einen Dutt zu machen, aber meine Haare stehen am Kopf immer irgendwo doof ab. Rita kommt seufzend zu mir herüber. Sie steckt meine Haare mit ein paar Handgriffen und Nadeln am Kopf fest, ohne dass auch nur ein einziges Haar herausrutscht.

»Ich hab auch Wimperntusche und so.«
Sie schminkt meine Augen mit Tusche und
Eyeliner und tupft zum Schluss Gloss auf meine
Lippen. Wir betrachten mich beide im Spiegel.
So schön war ich noch nie, finde ich.
»Danke, Rita.«
Rita umschlingt mich mit ihren Armen.
»Das mit Nico ist mir egal«, sagt sie, aber sie
klingt traurig dabei. »Hauptsache, wir bleiben
Freundinnen, Nele. Eigentlich finde ich Jungs
zum Kotzen.«
Sie drückt mich so fest, dass es wehtut.

Im Namen der Party

Rei in der Tube ist an sich eine gute Idee, führt
aber, wie sich nach dem Abendessen gezeigt hat,
nur zu sauberen T-Shirts. Denn obwohl Nele und
ich uns nach dem Lauf umarmt haben, brachte
die Rückgabe nichts Neues:
»Super, das Zeug!«
»Ja, ne?«
»Danke!«
»Klar!«
Heute Nacht fahre ich was Romantischeres auf.
Nele und ich. In einem Raum. Mit Musik.
Gedämpftem Licht.
Ich sehe unserer Party sehr positiv entgegen.
Marlon organisiert die Playlist auf seinem
Smartphone, wobei ihm Lukas über der Schulter
hängt und mit ihm zofft. Lukas erkämpft fünf
klassische R&B-Sachen und akzeptiert dafür
Marlons stumpfen Party-Hip-Hop. Während
meine Kumpels dann über die Reihenfolge der
Tracks verhandeln, platziere ich diverse Socken
unter Holzpfosten: So können wir die Betten zur
Partytime geräuschlos in die Ecken rücken.

Auf unserer Kommode stehen schon Bierdosen, Bionade und Mixzeugs. Die hat uns Lederjacke beschafft, für ein fettes Honorar. Im weiteren Partyangebot: drei Chipstüten von Lukas' Mutter, die er tapfererweise noch nicht angerührt hat. Jetzt müssen wir nur noch bis Mitternacht wach bleiben.

Im Dunkeln kichern wir wie kleine Mädchen. Das Gegacker ist mir peinlich und ich beginne ein Jungsgespräch:

»Luke, wer ist'n heute bei dir dran?«

»Was?«

»Ich meine – Marlon und Rita, Nele und ich ...«

»Kapier ich nicht.«

»Auf wen stehst du, Luke? Wen findest du scharf, gut, sympathisch, hübsch? Wen willst du haben?«

»Wozu?«

Ich bin mir sicher, er stellt sich blöd. Ich beende das Interview, Marlon kann das einfach besser. Und dann kichern wir wieder, weil, natürlich hat Lukas Scheiße erzählt. Mir fällt auf, dass bloß wir beide gackern.

»Schläft Marlon schon?«

»Meinst du?«

Auch das finden wir zum Schreien. Marlon gibt keinen Furz von sich. Ich höre das Bett knarzen, weil Lukas sich mit seinem Sumokörper erhebt, das Stockbett hochklettert und da oben irgendwo herumtatscht.

»Ey, hast du sie noch alle?!«, schnauzt Marlon ihn an.

»Oh, Entschuldigung!«
Wahnsinnig witzig, ich weiß natürlich, wo Lukas
hingegrabscht hat. Das Gekicher nimmt kein
Ende, sogar bei Marlon. Bis Hulk seinen Schädel
hereinsteckt.
»Seid ihr jetzt bitte mal ruhig, Jungs, ja?«
Keiner sagt einen Mucks mehr.
Im Namen der Party.
Lotti und Janka kommen als Erste. Wir wissen
nicht, was wir mit ihnen reden sollen. Zum Glück
schnappen sie sich erst mal ein Bier mit
Orangenflavour und stellen sich quatschend in
eine Ecke. Dort werfen sie alle paar Sekunden
ihre langen, blonden Haare zurück und nehmen
dazwischen kleine Schlückchen aus ihren
Flaschen.
Marlon, Lukas und ich sehen fasziniert zu.
Spätestens jetzt wird mir klar, dass ich von
Mädchen und Partys keine Ahnung habe. Bei
meinem letzten Geburtstag haben meine Eltern
noch eine Kicker-Meisterschaft organisiert, nur
mit Jungs, Pommes, Hähnchenschenkeln und
Cola.
Dann stakst Dafne mit pechschwarz umrandeten
Augen ins Zimmer. Wir fachsimpeln über »Die
Mitte der Welt« von Steinhöfel, das ich groß
finde und sie genauso. Auch wenn das Gespräch
extrem anregend ist, entgeht mir nicht, dass
Peter reinhuscht, eine Kräuter-Bionade öffnet
und sich mit seinem knochigen Rücken an die
Wand drückt. Reglos starrt er auf die Tür. Mir

wäre das totenpeinlich, da so allein
rumzuhängen, und ich will schon zu ihm rüber.
Aber da sind neue Partygäste zu begrüßen: Ben
und seine Combo, der Tomboy und der
Nachmacher. Leider werden die drei sofort zum
Problem.
»Ich muss babysitten«, entschuldige ich mich bei
Dafne.
Ben spielt mit dem Tomboy-Mädchen Fangen,
und zwar mit einer halb vollen Bionadeflasche in
der Hand. Die zwei grölen, als stünden sie allein
auf den Externsteinen.
»Seid mal'n bisschen leiser«, sage ich alle zehn
Sekunden, oder: »Ihr macht die Trainer wach«,
oder: »Jetzt hört echt mal auf!« Die Kleinen
gehorchen erst, als ich ihnen Bier statt Bionade
in die Hände drücke und dazu noch eine unserer
kostbaren Chipstüten.
Meine Rose taucht als Letzte auf, zusammen mit
Rita, die sich überraschenderweise mal nicht
total aufgebretzelt hat und auch keine Hotpants
trägt, sondern graue Jogginghosen mit
Schlabbershirt.
Warum auch immer.
Nele trägt die Haare hoch. Das bringt mich fast
um den Verstand, dabei sieht ein Zopf von vorn
auch nicht viel anders aus. Sie ist ziemlich
gekonnt geschminkt, allerdings mit kirschrotem
Lippgloss, wie ich bei näherem Hinsehen
bemerke. Ich hoffe, dass der nicht allzu sehr
klebt, denn: Ich will sie heute Nacht küssen.

Aber zuerst mache ich den Nico und sie
antwortet mir.
Und nicht nur das.
Sie schwebt zu mir herüber.
Ich gebe ihr eine Holunder-Bionade.
Und nehme mir eine mit Orangen-Ingwer-
Flavour.
Wir stoßen an.
Aug in Aug.
Es ist sehr hell hier.
»Ist irgendwie hell hier, oder?«, sage ich.
»Stimmt«, sagt Nele.
Kaum ist es dunkler, dreht Ben die Mini-Jambox
hoch, die Marlon für sein Smartphone von
daheim mitgebracht hat. Ich laufe hin, zische:
»Gleich stehen echt die Trainer hier!«, und
drücke den Sound runter.
Wir lauschen. Eine Minute, mindestens.
Keiner kommt.
Die Trainer müssen tief und fest schlafen.
Ich will wieder zu Nele rüber, aber die steht mit
Peter zusammen. Ich muss sagen, wenn der
lacht, sieht er aus wie dieser begnadete
Schauspieler aus diesem geilen Thriller mit der
Teeniegruppe in diesem Hochhaus, wo plötzlich
alle Türen verschwinden. Mir entgeht nicht, wie
seine Augen Neles hellblaues Trägerkleid
hochwandern und an ihren nackten Schultern
hängen bleiben.
Mein Einsatz ist gefragt.
Im Namen der Romantik.

Zwei fehlen

Marlon ist betrunken. Er schwankt und stiert
Rita an, weil die schon seit Ewigkeiten mit Lukas
quatscht und rumkichert. Dass die immer
irgendeinen anbaggern muss! Wenigstens kann
ich ihr jetzt glauben, dass im Wald wirklich
nichts Schlimmes passiert ist. Sonst würde sie ja
wohl nicht so rumflirten.
Ich fühle mich auf einmal irgendwie so locker,
vielleicht, weil ich ein paarmal an Ritas Bier
genippt habe. Ich glaube, sie ist schon bei ihrem
dritten. Mich stört nicht mal, dass ich hier allein
herumstehe. Peter ist gleich weg, nachdem Nico
sich zu uns gestellt hat. Und Nico jagt gerade
wieder Ben und seinen Kumpels hinterher, weil
die Krach machen. »Nicht so laut! Wie oft soll ich
euch das noch sagen?« Die Kleinen lachen aber
bloß.
Lukas und Rita tanzen, als wären sie in einem
richtigen Klub. Lotti, Janka und Dafne legen auch
los, und dann sogar Marlon und, ich glaub's
selbst nicht: Ich!
»Nele, shiiiiiit!«

Lukas fasst mich an den Hüften, wirbelt mich hin und her. Danach bin ich so locker, dass ich sogar Nico zu mir herüberwinke. Der drückt Ben und seinen Freunden noch schnell eine große Tüte Chips in die Hand, hüpft zu uns in die Mitte und hopst gegen den Rhythmus hin und her. ›Nicht lachen, Nele, wehe, du lachst‹, sage ich mir, aber Lukas kringelt sich schon vor Lachen.

»Nicki, scheiße, hips! Hips!«

Lukas schwingt seinen Unterkörper so schnell hin und her, dass die Rollen unter seinem T-Shirt schwabbeln. Nico versucht's und lacht sich selbst kaputt dabei, obwohl er jetzt noch schlimmer tanzt als vorher.

»Arsch!«, brüllt Lukas, »Du hast einen ARSCH, Alter!«

Nico streckt seinen Hintern nach hinten und wieder nach vorn. Lukas gibt auf und legt wieder für sich los. Alle versuchen wir, ihn nachzumachen, und sehen dabei wie Vollidioten aus, sogar Rita. Und ich sowieso. Wir gackern immer lauter, bloß Marlon will weg und sich ein neues Bier schnappen. Aber Lukas zieht ihn an der Hand gleich wieder in die Mitte des Zimmers zurück.

»Hör endlich auf, mich anzutatschen, du Schwuchtel!«

Marlon schubst Lukas gegen die Kommode, dass es laut kracht.

Wir hören auf zu tanzen.

Marlon tut es sofort leid, das sieht man, aber ich weiß, was jetzt alle denken. Ich denk's ja auch: Ist Lukas echt schwul? Tanzt der deswegen so super?

Dann springt natürlich die Tür auf.

Die Trainer stürmen rein.

Erik schaltet die Jambox aus. Frau Icks schreit, ich kriege vor Schreck erst überhaupt nicht mit, was.

»Haben wir doch früher auch gemacht, Katja!«, versucht Erik sie zu beruhigen.

»Mit Alkohol? Marlon ist völlig hinüber! Und Ben …«

Ben und seine Freunde hocken grinsend in der Ecke. Zwei von ihnen haben eine leere Chipstüte auf dem Kopf.

»Katja, das sind eben keine Kinder mehr.«

»Das reicht mir langsam, dass du denen nie was sagen willst, Erik! Dass du immer der gute Kumpel sein willst! Ich muss die hier ganz allein in Schach halten!«

»Katja, das ist kein WM-Kader, das ist bloß 'ne Ferienfreizeit! Die wollen Spaß haben!«

»Wenn du unseren Sport nicht ernst nehmen willst, wie sollen die Jugendlichen das dann tun?!«

So geht das hin und her. Zwischendurch schickt Frau Icks Rita, die rote Augen hat und den Kopf kaum noch oben halten kann, aufs Zimmer.

»Wo sind eigentlich Jan und Lena?«, will Erik wissen.

Lena und Jan waren, und das fällt mir erst jetzt
auf, überhaupt nicht auf der Party.
»Ach, du Scheiße«, stöhnt Frau Icks.
Alle rasen raus, erst die Trainer und wir
hinterher. Ich weiß eigentlich gar nicht, warum.
Warum ist es schlimmer, nicht auf der Party zu
sein, als auf der Party?
Ich kapiere es natürlich sofort, als Frau Icks die
Tür zu Lenas Zimmer aufreißt und das Licht
anknipst. Lena und Jan haben nichts an,
zumindest obenrum. Wir sehen alle Lenas
Brüste. Mir fällt auf, wie hart und rund die
aussehen, wie zwei Saftorangen.
Haben die gerade Sex gehabt?
Wir sind alle ganz still, auch die Trainer. Lena
reißt ihre Bettdecke hoch. Jan bewegt sich
keinen Milimeter. Als würde er Stopptanz
spielen, denke ich und muss innerlich kichern.
Dabei ist mir das hier unheimlich. Sex in
unserem Camp? Das passt nicht. Das ist zu krass.
Oder bin ich verklemmt?
»Wir haben nichts gemacht!«, jammert Jan.
»Ehrlich!«
Frau Icks zieht ihn aus Lenas Bett, und zwar
ziemlich grob. Jan hat noch seine Unterhose an.
Hastig schnappt er sich seine Trainingshose vom
Boden und versucht, hineinzukommen. Aber er
zittert total, als er auf einem Bein steht, und
knallt um. Ein paar von uns lachen. Den anderen
tut er leid, glaube ich. Mir auch.

»Du bringst alle auf ihre Zimmer, Erik!«, bestimmt die Trainerin. »Die sollen keinen Mucks mehr machen!«

Erik liefert uns nacheinander vor unseren Türen ab. Er wirkt nicht mehr cool und locker, sondern nur noch genervt. Ich flüstere an der Tür noch schnell »Entschuldigung« in seine Richtung, aber Erik marschiert, ohne zu antworten, weiter.

Der Mond leuchtet so stark ins Zimmer hinein, dass ich mich umziehen kann, ohne das Licht anschalten zu müssen. Rita liegt auf dem Bauch und schläft.

Ich habe gerade meine Shorts für die Nacht angezogen, da klopft es leise an unsere Tür. Ich öffne sie einen Spaltbreit. Vor mir steht Nico. Er grinst, sieht aber trotzdem aus, als habe er Schiss. Ich habe auch Angst, dass die Trainerin kommt und uns nach Hause schickt. Ich will nicht weg von hier.

»Super Party, oder?«, flüstert Nico.

»Perfekt«, flüstere ich zurück.

Ich öffne die Tür etwas weiter. Nico macht einen Schritt auf mich zu. Jetzt weiß ich, wie sich das anfühlt, wenn man jemanden unbedingt küssen will. Dieses drückende, warme Gefühl geht vom Kopf aus und schießt dann sofort in den ganzen Körper hinein.

Ich küsse ihn zuerst. Was Rita sagt, stimmt nicht. Seine Lippen fühlen sich schön an. Genau richtig. Wir hören Schritte näher kommen. Schwere, wütende Schritte.

Erik.
»Schnell!«, zische ich.
Nico hüpft über den Flur und verschwindet
hinter seiner Tür. Ich schließe leise meine. Und
dann zittere ich und bekomme Bauchschmerzen,
weil ich so glücklich bin und Rita nicht. Das
spüre ich.
Und dann sehe ich's auch.

Schneeweiß und rot

Ich schaue in Ritas Augen. Sie ist wach. Ich
knipse die kleine Nachttischlampe an. Rita hat
geweint, ihre Augenlider sind noch röter als auf
der Party.
»Was ist los mit dir?«, frage ich sie. Dabei zittere
ich am ganzen Körper. Wegen des Kusses mit
Nico, aber auch, weil ich Angst um Rita habe.
Die hat hier nur mich. Ich weiß auch nicht, ob sie
sonst jemanden hat, der für sie da ist. Ihre Eltern
haben noch nie angerufen. Die sind auch
verreist, in die Südsee, aber die könnten sich
doch mal auf Ritas Smartphone melden! Ich
würde sonst denken, ich wäre meiner Mutter
egal.
»Ihr habt im Wald gar nicht rumgealbert, oder?«
Rita dreht sich von mir weg, ohne zu antworten.
»Du wolltest das nicht.«
Sie flüstert irgendwas. War das ein ›Nein‹?
»Was hat er mit dir gemacht?«
Und dann platzt alles aus Rita heraus.
»Da war dieser Knall«, stammelt sie, ohne mich
anzusehen. »Da ist er weg, bevor ...« Sie stockt.
»Wir müssen das jemandem erzählen! Einem
Erwachsenen!«

Ich lege ihr eine Hand auf die Schulter, damit sie sich endlich zu mir umdreht. Rita setzt sich im Bett auf.

»Auf keinen Fall!« Sie fängt an zu weinen, obwohl sie es, glaube ich, gar nicht will. »Das darfst du nicht!«

»Du willst das niemandem sagen? Nicht mal deinen Eltern? Versuch wenigstens mal, die zu erreichen!«

»Spinnst du? Die würden mir das sowieso nie glauben!«

»Warum nicht?«

»So wie ich rumlaufe! Meine Mutter sagt immer, ich bin selbst schuld, wenn da mal was passiert. Ich find's aber eben schön!«

Rita wischt ihre Tränen weg.

»Ich vergess das einfach«, sagt sie und beißt die Zähne aufeinander dabei. »Das ist am besten.«

Sie legt sich wieder auf die Seite und zieht die weiße Bettdecke bis übers Gesicht hoch. Sachte lege ich meine Hand auf ihre weichen, rotblonden Haare.

»Ich kann das aber nicht vergessen.«

»Nele, das ist mir passiert. Nicht dir.« Ihre Stimme klingt messerscharf. »Also lass mich, ja?!«

Erschrocken ziehe ich meine Hand zurück.

Die ganze Nacht, auch, als ich Rita endlich gleichmäßig im Schlaf atmen höre, kriege ich kein Auge zu. Ich muss das doch jemandem erzählen, dass dieser Campjunge auf Mädchen

losgeht, überlege ich immer wieder. Dann fällt
mir ein, was die Icks gesagt hat: ›Was hast du
denn immer mit dem? Lass den doch endlich
mal!‹
Die wird mir das nicht mal glauben.

Stimmungskurven

Ich hab nicht geschlafen, auch nicht zur üblichen
Zeit um drei Uhr nachts. Das beste Schlafmittel
der Welt habe ich nicht mal angerührt. Ich hätte
es noch mit Bier probieren können, aber das hat
die Icks eingesackt. Die dachte echt, wir hätten
das von zu Hause mitgenommen. Wir sind nicht
halb so abgebrüht, wie die denkt.
Ich bin trotzdem in optimaler Stimmung, trotz
schlafloser Nacht, trotz schlecht gelaunter
Trainer und Kumpels. Meine Lippen haben eine
Rose berührt.
Jetzt warte ich am Frühstückstisch auf sie, das
dritte Mädchen, das ich jemals geküsst habe und
das von mir aus auch das letzte sein kann. Nele
schwebt herein und ich zücke, ganz klassisch,
den Daumen.
Sie schaut nicht mal zu mir rüber.
Wahrscheinlich liegt das an der allgemein
grottigen Stimmung. Selbst die Sonne scheint
nicht mehr: Draußen sieht es trübe aus.
Alle starren gerädert auf ihre Pappbrötchen mit
Nutella, heller Wurst oder Frischkäse. Ben und
seine Combo kommen mir extrem blass vor. Lena
und Jan haben sichtbar geheult, wahrscheinlich,

weil sie ab jetzt nicht mehr nebeneinander sitzen dürfen. Bloß Peter sieht aus wie immer. Egal, ich sehe in meinem eigenen, mit Rei in der Tube gewaschenen T-Shirt todsicher besser aus. Selbstbewusst suche ich Neles Blick. Aber meine Rose lässt den Kopf hängen, als fehle ihr Wasser. Was ist mit ihr los?

»Konditionstraining!«

Befehl von Trainerin Icks.

Konditionstraining, das heißt nach einer heimlichen Party mit Alkohol: zwei Stunden Sit-ups, Liegestütze, Beine-in-die-Luft-strecken-und-Halten.

Lange halten.

Sehr lange.

»Halten!«, brüllt die Icks bei jedem meiner Versuche, zu mogeln. »Muskeln sind wichtig! Wie wollt ihr sonst Steigungen nehmen? Auch weiche oder unebene Laufböden müssen mit unserem Muskelapparat ausgeglichen werden!«

Ich wollte nie Laufböden ausgleichen. Pit und Tanja wollten das. Meine Eltern sind, ich habe gestern ein Bild bekommen, an der holländischen Küste, sitzen im Strandkorb und pfeifen sich Pommes mit vier verschiedenen Soßen rein, während ich meine Beine in die Luft halten muss. Und das bei Wind, Nieselregen und mit Restalkohol im Blut.

Es folgen zwei Stunden Hügeltraining, ohne Pause.

Dann Mittagessen.

Kein Mittagsschläfchen.

»Dauerlauf!«

Ein weiterer Racheakt von Trainerin Icks.

Aber die Party war es wert.

Im Namen der Romantik.

Erik führt den Waldlauf an, die Icks läuft hinten,
wahrscheinlich, damit Nele nicht wieder verloren
geht. Ich würde sie gern vorm Verlorengehen
beschützen und vor allem anderen auch, aber
leider fehlt mir dazu die Kraft im Muskelapparat.
Ich schaffe es kaum, den Anschluss an die
Gruppe zu halten. Ich werde müder und müder
und bin schlussendlich so komatös, dass ich
einer Eiche nicht rechtzeitig ausweichen kann.
Nach dem Zusammenstoß pralle ich zurück,
bleibe aber irgendwie stehen.

Wahnsinnig witzig, für Lukas zumindest, der
einen Lachanfall bekommt und gerechterweise
mit Seitenstechen bestraft wird. Bloß Marlon
verzieht keine Miene. Wir fallen zurück, aber da
lauert jemand hinter uns.

Leutnant Icks.

»Weiter!«

Wir traben weiter, Marlon mies gelaunt wie seit
Tagen schon. Wahrscheinlich, weil Rita ihn
abgesägt hat. Die guckt ihn nicht mal mehr an.
Bin ich froh, dass ich zuerst mit der Schluss
gemacht habe! Sonst würde ich jetzt hier so 'ne
unattraktive Hackfresse ziehen.

»Wegen Rita?«, versuche ich uns wach zu halten.

»Frag nicht.«

»Empfindliches Thema?«

»Fick dich.«

Er gibt Gas und läuft mit Ben und seiner Combo weiter. Wir haben unseren Kumpel an den Campkindergarten verloren.

»Ich bin übrigens nicht schwul«, raunt Lukas mir zu.

»Luke, du kannst so schwul sein, wie du willst.« Echt, ich sehe den Unterschied nicht. Seit ich »Die Mitte der Welt« gelesen habe, weiß ich, dass Schwule den gleichen Mist durchmachen wie wir mit den Mädels.

»Ich bin aber nicht schwul!«, bleibt Lukas stur.

»Okay«, beruhige ich ihn. »Du stehst also auf Mädchen.«

»Genau. Auf Mädchen«, hechelt er, während er Erik, der vor uns läuft, auf den Arsch glotzt.

»Kennst du ›Die Mitte der Welt?‹«, frage ich.

»Nee. Ist das 'n Film?«

»Ein Buch. Über einen Schwulen. Könnte aber auch 'n Hetero sein.«

»Ich bin nicht schwul, Mann!«

»Ich sag ja: Der könnte auch hetero sein.« Nach dem Dauerlauf Trinkpause und Kekse, dann geht der Drill weiter, freundlicherweise sitzend, aber immer noch bei Fisselwetter: eine Gedächtnisübung zu zweit. Wir müssen fünf Minuten eine Karte anstarren und danach aus der Erinnerung heraus eine Route bestimmen. Ich will mit Nele, aber die will mit Rita oder Rita mit ihr. Manchmal hasse ich diese Frau, ehrlich.

Aber noch mehr das Beine-in-die-Luft-Halten, das
dann folgt.
Beim Abendessen sind wir alle zu fertig, um zu
reden. Wie schwer Gabeln sein können! Und erst
das Aufstehen vom Stuhl ... Ich weiß nicht, wie
ich die Treppe hochkommen soll. Ich stolpere,
aber jemand hakt mich unter. Meine starke Rose.
Sie lächelt sogar, wenn auch noch immer etwas
geknickt.
»Jeder auf sein Zimmer!«, befiehlt Erik.
Wir müssen uns trennen.
Im Bett stelle ich mir immer wieder vor, wie Nele
und ich uns nach der Party geküsst haben.
Mittendrin und noch vor neun Uhr penne ich ein.

Tief runter

Beim Frühstück haben alle super Laune außer
mir. Mir geht die Sache mit Rita nicht aus dem
Kopf. Wie auch? Am liebsten würde ich laufen,
um den Kopf frei zu kriegen, aber wir machen
heute einen Ausflug, nach Bielefeld.
Der Campjunge kommt mit einem Handwagen in
den Gruppenraum, mit kleinen Leberwurstrollen
darauf. Wir hatten hier fast immer nur ekligen
Pappkäse und Marmelade. Er wirft alle vier
Plätze ein paar Rollen auf den Tisch, hat danach
aber noch mehr als die Hälfte auf dem
Handwagen liegen.
»Kann ich noch mehr haben, Muschi?«, fragt ihn
Marlon und tut dann so, als hätte er sich bloß
versprochen. »Oh, tut mir leid, ich meine, äh …«
Der Campjunge schnappt ihm die
Leberwurstrollen wieder weg und wirft sie auf
seinen Handwagen zurück.
»Was will die Muschi denn mit den ganzen
Würstchen?«, fragt Marlon so freundlich, dass es
erst recht fies klingt. Ben, seine Kumpels und das
Jungsmädchen lachen sich tot. Der Campjunge

tritt mit dem Fuß gegen den Handwagen und stürmt raus. Scheppernd kippt der Wagen um.

Der Typ macht mir echt Angst.

Erik hebt den Handwagen wieder auf.

»Endlich zufrieden?«, will er von Marlon wissen.

Marlon schnappt sich eine Leberwurstrolle von Lukas und schneidet sie auf, als wäre nichts passiert.

Nach dem Frühstück will ich mit Frau Icks über den Campjungen reden, aber da steht Rita schon bei ihr. Ich höre, wie sie der Trainerin erzählt, dass sie Bauchschmerzen hat, wegen ihrer Tage, und im Camp bleiben will. Frau Icks erlaubt es ihr sogar. Warum will Rita hierbleiben? Wo doch der Campjunge ist?

»Dann bleibe ich auch«, erkläre ich.

»Frau Heidkötter und ihr Sohn sind da, um sauber zu machen«, entgegnet Frau Icks. »Und am Nachmittag sind wir schon wieder zurück. Natürlich kommst du mit, Nele!«

Ich versuche, in Ritas Gesicht zu lesen. Sie scheint es nicht zu stören, als Einzige von uns hierzubleiben.

Ich verstehe das nicht.

Vor der Busfahrt bin ich die Erste auf der Terrasse und setze mich auf den Vorsprung, wo wir immer alle sitzen. Ich friere in meinem leichten Shirt und den kurzen Jeans. Die Luft ist über Nacht noch kühler geworden.

Peter kommt raus und setzt sich neben mich.

»Hi, Nele!« Seine blauen Augen glänzen. Mir wird immer komisch, wenn er so strahlt. Vielleicht bin ich auch bloß froh, dass er mal nicht so traurig guckt.

»Hi, Peter! Wie geht's?«

»Gut. Machst du eigentlich in Frankfurt weiter mit O. L.?«

»Ich hätte schon Lust. Aber keine Ahnung, ob's bei mir in der Nähe einen Verein gibt.«

»Wo wohnst du denn?«

»In Oberrad.«

»Ich auch!« Er strahlt wieder so. »Auf welcher Schule bist du?«

»Auf der von Lange.«

»Ach so.«

Einen Moment lang fällt uns beiden nichts ein, worüber wir noch reden könnten.

»Ich frag die Trainerin, ob sie einen Verein bei uns kennt«, sagt Peter und streicht sich über seine Glatze. Ich würde so gern wissen, warum er die Haare nicht wachsen lässt, obwohl er doch gar nicht mehr krank ist. Aber da kommen die anderen schon raus. Auch Nico. Er winkt zu mir rüber und lächelt. Das finde ich so toll an Nico, dass er nie schlechte Laune hat. Der macht auch nie jemanden runter.

»Wollen wir im Bus nebeneinandersitzen?«, fragt Peter. Erschrocken starre ich ihn an.

»Ich wollte eigentlich, also … neben Nico …«

»Klar.« Peter springt sofort auf.

Ich fühle mich wie so eine doofe Zicke, aber nur, bis Nico im Bus neben mir sitzt und unsere Arme sich berühren. Ein paar Minuten später halten wir Händchen. Ich habe Angst, dass meine Hände zu schwitzen anfangen, so aufgeregt, wie ich bin. Trotzdem denke ich immer wieder über Rita nach. Warum hat die nach der Sache im Wald keine Angst, allein bei dem Campjungen zu bleiben? Zum Glück lenkt mich Nico ab. Er fängt an zu quasseln und hört gar nicht mehr auf damit.

»Bielefeld soll's ja gar nicht geben«, erzählt er mir. »Da gibt's sogar einen Film drüber. Das Ganze hat angefangen mit einem Professor, der beweisen wollte, wie schnell sich Gerüchte verbreiten, auch wenn sie eigentlich totaler Schwachsinn sind und ...«

Von mir aus kann er immer, immer weiterreden. Eine Stunde später laufen wir durch Bielefeld. Die meisten shoppen in Läden, die ich auch aus Frankfurt kenne. Sonst gibt's hier nicht viel zu tun, außer Eis zu essen, und das machen Nico, Lotti, Janka, Lukas und ich auch. Mit den vieren komme ich mir vor wie eine aus der Oberstufe. Peter läuft allein an uns vorbei.

»Peter! Komm doch zu uns!«, rufe ich, weil ich ein schlechtes Gewissen habe, aber auch, weil ich ihn mag. Lächelnd schüttelt er den Kopf. Wie krumm der geht. Als wäre sein Rücken zu schwer für ihn. Und er ist blass, das sehe ich von hier.

Am Nachmittag spazieren die Trainer mit uns durch den Teutoburger Wald zu einer uralten Burg hinauf. Frau Icks passt es nicht, dass Nico und ich Hand in Hand gehen. Das sehe ich in ihren Augen. Lena und Jan halten auch Händchen. Lukas hat Lotti und Janka im Arm. Die drei kichern die ganze Zeit. Ich glaube nicht, dass der schwul ist. Oder ist er deswegen so locker mit uns Mädchen? Ich kenne irgendwie keine Schwulen.

Die Burg liegt hoch über der Stadt. Von einer langen, niedrigen Mauer aus schauen wir über ganz Bielefeld. Hinter der Mauer geht es steil bergab. Ich wundere mich, dass die nicht besser gesichert ist. Ich sehe auf die Häuser und muss daran denken, dass die Ferien nächste Woche vorbei sind. Ferdi will am Telefon ständig wissen, ob ich auch wirklich wiederkomme. Meiner Mutter scheint's ganz gut zu gehen. Papa klang dagegen bei unserem letzten Gespräch traurig. Das ist aber gerade immer so.

Marlon stützt sich mit einer Hand auf der Mauer ab und setzt sich im nächsten Augenblick mit Schwung darauf. Mir bleibt das Herz stehen. Wenn der nur ein bisschen zu weit gesprungen wäre!

»Spinnst du?!«

Erik reißt Marlon am T-Shirt rückwärts von der Mauer herunter, bevor Frau Icks etwas merkt. Die steht gerade mit Dafne an einem tiefen, vergitterten Brunnen.

»Was sollte das denn?«, zischt unser Trainer
wütend. Marlon haut ab, aber Nico läuft ihm
gleich hinterher.
»Was ist los mit dir?!«, höre ich ihn fragen. »Was
soll der Scheiß? Du hättest draufgehen können!«
Marlon starrt schweigend auf die Pflastersteine.
Ich weiß, was los ist.
Endlich kapiere ich.
Es liegt an dem dunklen Shirt mit dem
knallblauen Kragen, das Marlon heute trägt.
Dieses leuchtende Blau habe ich im Wald
aufblitzen sehen, da bin ich mir sicher! Und mir
fällt noch etwas ein: Das Motorrad habe ich erst
gehört, als der Typ mit dem blauen Kragen
längst auf Rita lag.
Der Campjunge hat Rita nichts getan. Nein. Er
ist an dem Tag einfach nur durch den Wald
gefahren. Marlon hat Rita auf den Boden
gedrückt. Er hat etwas mit ihr gemacht, das sie
nicht wollte. Und jetzt kommt er nicht klar damit.
Oder er hat Angst, dass jemand davon erfährt.
Aber Rita will ja sowieso niemandem davon
erzählen.
Bloß kann ich jetzt nicht mehr schweigen.

Keine Fragen mehr

Nele sitzt im Bus neben mir und schweigt.
»Quatsch ich zu viel?«
Sie schüttelt den Kopf. Ich will nachhaken, aber
da steht Trainerin Icks vorn im Bus auf. Sie wirkt
entspannter als bei ihrer Schikaneaktion gestern.
»Ich hoffe, ihr habt euch heute bei dem
Stadtrungang ein bisschen ausruhen können.«
Verneinendes Murren. Die Icks bleibt locker.
»Lasst uns Frieden schließen. Aber keine Partys
mehr.«
Uneindeutiges Murren.
»Ich weiß, dass man in eurem Alter oft nachts
nicht schlafen kann. Dass ihr zusammen sein
wollt.«
Zustimmendes Murren.
»Was haltet ihr von einem Nachtlauf? Im Wald?«
»Jaaaa!«, brülle ich mit den anderen, besser als
nichts, das nehmen wir, Hauptsache nachts! Nur
aus Neles süßer Kehle ertönt kein Mucks.
Hulk wirkt auch wenig begeistert: »Mit
Anfängern?«
»Wofür haben wir denn dann die Stirnlampen
mitgebracht?« antwortet seine Chefin.
Die Diskussion ist beendet.

»Laufen wir zusammen?«, frage ich Nele.

»Ich muss erst Rita fragen.«

»Was?!«

Okay, das kam jetzt raus, wie: Hast du sie noch alle?!

Ich versuch's noch mal, freundlicher.

»Ich meine: Kannst du das nicht allein entscheiden?«

Nele scannt mich mit ihren schmalen Augen. Hat die keinen Bock mehr auf mich? Aber dann küsst sie mich. Es fühlt sich an wie ein Gutenachtkuss, aber mit Zunge haben wir ja auch noch nicht.

»Warum musst du Rita fragen?«, will ich trotzdem wissen. Nele sieht mich an, als wäre das ein Riesengeheimnis.

»Marlon ...« Sie dreht sich um, ob auch ja niemand zuhört. »Ich weiß, warum der so komisch ist. Der hat Rita im Wald, also ...«

»Was? Was hat Marlon?«

»Ich hab gesehen, wie er Rita auf den Boden gedrückt hat. Der wollte, ich meine, der hat versucht ...«

Sie bekommt die Worte nicht raus, aber ich kapiere natürlich, worauf meine Rose hinauswill.

»Sie zu vergewaltigen oder was?!«

Okay, das hätte ich jetzt auch sensibler ausdrücken können. Aber, tut mir leid, das ist Bullshit. Am liebsten würde ich loslachen. Klar, Marlon war heiß auf Rita, es ging um Sex und nicht um Romantik. Aber das?

»Bist du sicher?«, frage ich diplomatisch.

Sie nickt. Ja, und nun?

Ja, und nun? Das ist hier die Frage.

Sie hat es nicht direkt gesagt, aber natürlich will Nele, dass ich etwas unternehme. Mit Marlon rede. Wenn ich das mache, kann ich meine Kumpels vergessen. Wenn ich nichts mache, kann ich Nele vergessen. Aber was DIE Katastrophe wäre: Wenn Nele recht hat?

Ich nehme Marlon auf unserem Zimmer genau unter die Lupe. Schräg ist er, das muss man sagen. So nervös. So düster. Besonders auffällig: Er fragt nix mehr.

»Du fragst gar nix mehr. Was ist los, Alter?«

»Keinen Bock mehr auf dieses Camp.«

»Weil Rita dich abserviert hat?«

Das ist meine These und ich hoffe, sie stimmt. Marlon starrt mich an, so nach dem Motto: Halt bloß die Schnauze, sonst ... Ja, bloß ist sonst eben Nele weg, wenn ich nicht frage.

»Was ist'n mit euch beiden?«, versuche ich's weiter.

Wortlos starrt Marlon mich an. Ich krieg 'ne Gänsehaut, ungelogen. Lukas hält auch die Fresse. Weil: Marlon sieht aus, als würde er überkochen.

Vielleicht hat der echt Scheiße gebaut.

Und dann mache ich den Nico. Nicht den Daumen-Nico, nein, ich mache das, was ich immer mache, wenn's Stress gibt. Ich ziehe die Mundwinkel hoch, als wäre nichts.

»Sind ja nur noch 'n paar Tage. Mach mal Musik an!«
Marlon zögert kurz, als wolle er mir doch was sagen. Aber, so mies das klingt, ich will gar nichts hören. Ich will, dass er sein verdammtes Smartphone anschmeißt, und das tut er auch. Seine Hände zittern und er ist klitschnass, was weiß ich, warum, aber ich will's ja auch nicht wissen.
Ich nicke mit dem Kopf zur Musik und grinse. Ich bin echt zum Kotzen nett.

Einer lügt

Rita geht's viel besser, als ich von unserem
Ausflug zurückkehre. Sie will sogar den
Nachtlauf mitmachen. Ich sage ihr trotzdem, was
ich weiß: dass Marlon es war, der sie im Wald
überfallen hat. Rita will davon nichts hören.
»Vergiss das endlich, klar?!«
»Aber damit kann der doch nicht
durchkommen!«
»Das hat doch keiner gesehen! Ich hab keine
Verletzungen! Glaubst du echt, da passiert dem
was?«
»Ja. Klar!«
»Du bist so naiv, Nele.«
Sie sagt das richtig verächtlich. Warum muss
Rita so gemein sein? Ich will ihr doch helfen!
Rita schnappt sich ihr Smartphone. Sie will nicht
mehr mit mir reden. Und ich will am liebsten
weg hier.
Durchs Fenster sehe ich ein paar von uns
draußen Fußball spielen. Dafne liest in einem
Gartenstuhl. Peter liegt auf dem Rücken und
macht erst Sit-ups, dann Liegestütze, und zwar
in einem Höllentempo.

Nico schlendert auf die Terrasse, zusammen mit Lukas und Marlon. Die drei setzen sich auf den Vorsprung und quatschen, als wäre nichts passiert. Na, perfekt. Der hat mit Marlon überhaupt nicht geredet! Ich bin so sauer, dass ich heulen könnte.

»Was ist?«, fragt Rita, als sie in meine wütenden Augen blickt. Ich antworte ihr nicht, sondern laufe hinunter, nach draußen, zu den drei Jungs. Mir reicht's.

»Nele? Hi! Alles klar?«

Nico springt auf und legt einen Arm um mich. Ich beruhige mich ein bisschen. Und Nicos Hundeblick, der ... reicht nicht, beschließe ich und ziehe ihn von seinen Freunden weg.

»Hast du mit Marlon geredet?«

»Mhmh.«

»Und was hat er gesagt?«

»Nicht viel.«

»Hast du richtig nachgefragt?«

Nico zuckt verlegen mit den Schultern. Und dann rutscht mir was raus, was ich eigentlich gar nicht sagen will, aber ich sag's eben doch.

»Du bist so was von feige!«

Ich gehe zurück zu seinen Freunden.

»Kann ich mal mit dir reden, Marlon?«, frage ich.

Marlon nickt überrascht.

Wir laufen in den Wald. Als die ersten Bäume hinter uns liegen, bleibe ich stehen. Hier kann uns keiner mehr hören.

»Was wolltest du von Rita im Wald?«

Marlon fällt alles aus dem Gesicht. Seine Stupsnase zuckt. Der weiß genau, was ich meine.
»Was?!«
»Ich hab alles gesehen«, lüge ich.
»Was denn?« Seine Nase zuckt wieder.
»Dass sie auf dem Boden lag. Weil du … Du wolltest sie …« Ich kann das wieder nicht aussprechen und ich weiß es ja auch nicht: wie weit er gegangen wäre.
»Ich wollte überhaupt nichts!«, ruft Marlon so laut, dass Dafne, die uns am nächsten ist, herüberguckt. Viel leiser zischt er weiter: »Die hat mich geküsst, mitten im Wald! Und dann hat sie losgestöhnt: ›Nimm mich, nimm mich!‹, und so'n Scheiß. Die Alte hat 'nen Schuss, aber total!«
»Das glaube ich dir nicht. Rita wollte das nicht!« Marlon zieht sein Smartphone aus seiner Hosentasche.
»Ach nee? Dann schau dir mal das an! Hat sie mir kurz vor dem Lauf geschickt!«
Er toucht auf seinem Smartphone herum und hält es mir hin. Ich sehe aufs Display: Da läuft ein Film, mit Rita. Es ist klar, dass sie den selbst aufgenommen hat. Rita schaut in die Kamera, kneift einmal komisch die Augen zusammen und dann hebt sie ihr T-Shirt hoch und wackelt mit ihren Brüsten. Ihr Gesicht verzieht sich, sie guckt eklig pornomäßig, so wie beim ersten Abendessen, als sie in die Bockwurst gebissen

hat. Mir ist der Film todpeinlich, obwohl ich das
ja gar nicht bin auf dem Display.
Warum macht Rita so was?
»Noch Fragen?«
Ich schüttele den Kopf.
Marlon marschiert zum Camphaus zurück. Wie
benommen folge ich ihm und schaue dabei zu
unserem Zimmerfenster hinauf. Rita steht
winkend an der Scheibe. Ich frage mich, was ich
im Wald wirklich gesehen habe: dass Rita auf
dem Boden lag und Marlon über ihr.
Mehr nicht.

Vollmond

Der Mond taucht die Nacht in ein
horrorfilmmäßiges Blau. Wir stehen in Reih und
Glied auf der Wiese, vor uns der Wald. Zum
ersten Mal, seit wir in der Teutoburger Pampa
sind, ist es so kalt, dass wir sogar in unseren
langärmligen Shirts schlottern. Ich trage wieder
was von Lukas, einen Zipper, der an mir wie ein
Poncho aussieht: An den Armen zu kurz, am
Bauch zu breit. Attraktiv ist anders. Das
knallenge Kopfband mit der Riesenleuchte vorn
gibt meinem Outfit den Rest.
Ich soll mit Peter laufen, Befehl von Leutnant
Icks. Das ist demütigender als der Poncho und
die Stirnlampe zusammen. Ich renne mit Peter,
weil er die Hundert ist und ich die Null. Super-
Nele läuft mit Depri-Dafne, die mit ihrem
Zeitlupentempo gleich am Startpunkt stehen
bleiben könnte. Lukas und Marlon dürfen
zusammen los, weil Lukas genial in der
Routenwahl ist, aber läuft wie ein Wildschwein
auf zwei Beinen. Marlon ist in allem
durchschnittlich, das gleicht sich in den Augen
der Trainer wahrscheinlich aus. Jan und Lena

werden getrennt, damit sie im Wald keinen Nachwuchs zeugen. Sie haben jeweils einen der Kleinen als Partner.

»Warum die Hackfresse?«, fragt mich Marlon.

»Darum«, antworte ich schlagfertig.

Marlon ist nach dem Gespräch mit Nele wieder halbwegs der Alte. Hätte ich bloß mit ihm über die Sache mit Rita gesprochen, dann wäre meine Rose jetzt nicht so abgegessen von mir. Wie's aussieht, hat Marlon ja nichts gemacht! Nele scheint nicht mit den Trainern geredet zu haben. Weil sie Rita wohl auch nicht mehr glaubt.

»Im Wald sind fünf Posten verteilt!«, ruft die Icks. »Alle sind leicht zu finden. Die Strecke ist easy.«

Peter und ich starten als Erste. Ich muss sagen, so mies es mit der Romantik läuft, der Sport hilft. Und die Natur. Mein Herz hüpft, als wir mit unseren weißgelben Stirnlampen in den Wald preschen. Er sieht jetzt gar nicht mehr so horrormäßig aus, eher beruhigend und schön. Optimismus macht sich breit: Nele wird mir verzeihen. Und wenn nicht, gibt es noch andere Frauen. Das Leben ist schön.

Und so weiter.

»Nico, kannst du auch mal auf die Karte gucken?«, unterbricht Peter meinen positiven Gedankenstrom. Ich hätte nicht gedacht, dass er meinen Namen kennt.

»Das hält nur auf«, antworte ich.

»Stimmt, du bist lahm genug.«

Er lacht und sieht beängstigend attraktiv aus dabei.

Seufzend inspiziere ich die Karte.

»Da, in der Eiche müsste der erste Posten hängen.«

Und da ist er.

Danach wechseln wir uns von Posten zu Posten ab mit der Routenwahl. Tempomäßig treibt Peter mich nicht allzu sehr an. Der Mann wird mir immer sympathischer.

Irgendwann beginnen wir tatsächlich ein Gespräch.

»Stehst du auf Nele?«, frage ich mittendrin.

»Die steht auf dich.«

»Bin ich mir nicht sicher.«

»Bleib entspannt, Alter.«

Wir verpassen fast den vierten Posten, obwohl der rot-weiße Stoffschirm direkt vor uns liegt, auf einem riesigen Stein. Peter richtet seine Stirnleuchte auf den Posten und diktiert mir den Code.

»Legen wir mal 'n bisschen zu?«, schlägt er dann vor.

Wir rasen los, eine Böschung hinab und in einen Laubwald hinein. Die dicken Kastanien stehen so weit auseinander, dass wir geradeaus durchpreschen können. Der Ehrgeiz packt mich: Ich versuche, an Peters Seite zu bleiben. Meine Muskeln brennen schon nach ein paar Hundert Metern, aber dann tritt wieder dieser magische

Moment ein, nach dem ich keinen Schmerz mehr spüre.

Peter ist trotzdem schneller. Irgendwann lasse ich ihn davonziehen. Mein Partner ist schon viele Schrittlängen vor mir, da sehe ich ihn im Lichtschein meiner Stirnlampe straucheln und kopfüber und mit einem brutal klingenden Knall zu Boden fallen. Vielleicht ist er mit dem Kopf auf einen Stein geschlagen. Auf jeden Fall ist seine Lampe tot. Ich versuche, meinen Laufpartner mit meiner Stirnlampe zu finden, entdecke ihn und knie mich neben ihn hin.

Peter liegt auf dem Bauch und bewegt sich nicht. Vorsichtig drehe ich ihn um. Wie leicht der ist! Scheiße, und ohnmächtig ist er auch! Ich schlage ihm sacht auf die Wangen.

»Hey, wach auf! Was ist los? Wach auf! Peter!« Ich schüttele ihn, aber er rührt sich nicht. Ich wünschte, ich würde das verdammte Motorrad hören. Wo ist Lederjacke, wenn man ihn braucht? Und wo bleiben die anderen? »Hilfe!«, brülle ich in diesen totenstillen, beschissen dunklen Wald hinein. Was ist, wenn jetzt auch noch meine Lampe die Grätsche macht?

Ich umfasse Peter von hinten und richte ihn auf. So leicht er ist, zum Tragen ist er zu schwer. Keuchend ziehe ich ihn über den Boden. Immerhin schaffe ich's so bis zur Steigung, die vorher ein Abhang war. Aber hoch komme ich da nicht mit ihm. Scheiße, hätte ich mehr Kraft im

Muskelapparat! Peter rutscht mir aus den Armen und sackt auf den Waldboden.

Panik.

Ich spüre nur noch Panik.

»Wo seid ihr denn alle? Hilfe! Hilfe!!!«

Ich brülle und brülle und versuche, Peter wieder aufzurichten. Wie lange kann man ohnmächtig sein, bis es gefährlich wird? Kriegt der überhaupt noch Luft?

»Nico!«, höre ich eine Stimme. Nele! Nele und Dafne!

Die Mädchen nehmen mir Peter sofort ab. Jetzt erst merke ich, wie heftig ich zittere. Meine Beine sacken weg, aber ich stehe sofort wieder auf. Wir versuchen, Peter zu dritt die Steigung hochzutragen, aber das klappt nicht. Er rutscht uns immer wieder weg.

»Ich hol Hilfe«, keucht Nele. »Ich bin am schnellsten.«

»Nein. Ich mach das. Du verläufst dich doch dauernd!«

Nele schüttelt den Kopf.

»Du bist zu erschöpft, Nico. Ich schaffe das schon.«

Meine starke Rose prescht los.

Dafne und ich legen Peter auf dem Boden ab. Ich ziehe Lukas' XXL-Zipper aus und decke den dürren, reglosen Körper damit zu. Vorsichtig fasse ich in Peters Mund. Ich will checken, ob seine Zunge noch da ist, wo sie sein sollte. Sie ist nach hinten geklappt. Peter fängt an zu röcheln.

Sofort ziehe ich die Zunge nach vorn, dahin, wo sie hingehört. Immer wieder prüfe ich die Lage in Peters Mundraum. Ich bin sicher beim hundertsten Zungen-Check, als Dafne der Mut verlässt.

»Nele hat sich wieder verlaufen«, stellt sie, vor Kälte bibbernd, fest. »Soll ich ihr hinterher?«

»Wir haben nur noch eine Lampe.«

Dafne bleibt sitzen.

Peter schlottert mittlerweile am ganzen Körper.

»Nico! Dafne!«

Endlich! Die Icks und Nele rennen mit Taschenlampen auf uns zu. Ein Sanitäter mit weißem Bart und ein junger Typ folgen ihnen. Die zwei Männer haben eine Trage mitgebracht, auf die sie Peter heben. Sie stellen ein paar Fragen, die ich beantworte, ohne wirklich zu verstehen, was ich da sage. Dabei untersuchen die Sanitäter meinen Laufpartner schnell und fachmännisch.

»Sie haben gesagt, dass er Leukämie hatte«, sagt der junge Sani, während der ältere Peter eine Sauerstoffmaske aufsetzt. »Wie lange ist das her?«

»Fast zwei Jahre«, antwortet Trainerin Icks.

»Also noch in Heilungsbewährung«, meint der ältere Sani. »Da sollte er natürlich Sport treiben. Aber in Maßen!«

»Er ist schwer zu stoppen«, verteidigt sich die Icks.

Die Sanitäter hieven Peter auf die Trage.

»Warum rasiert er seine Haare ab?«, will der junge Typ noch von der Trainerin wissen.

»Weil er denkt, dass der Krebs sowieso wiederkommt«, antwortet Frau Icks. »Er war lange depressiv, wissen Sie? Erst seitdem er läuft, geht es ihm besser.«

Ich bemerke, wie Peter seine Augen halb öffnet und dann wieder wegsackt. Die Sanis sehen es auch.

»Ruh dich aus, Junge«, sagt der Ältere und wendet sich an die Icks: »Wir fahren ihn nach Bielefeld ins Krankenhaus. Bringen Sie die Jugendlichen zum Haus Barke zurück. Und informieren Sie bitte umgehend die Eltern des Jungen.«

»Kann nicht einer von uns bei Peter bleiben?«, bittet Nele den Sanitäter.

»Nein«, antwortet Frau Icks, »wir gehen alle zusammen. Die anderen sind schon umgekehrt und bei Erik. Peters Eltern machen sich sicher sofort auf den Weg.«

Langsam und ohne etwas zu sagen, gehen wir zurück. Ehrlich, so viel habe ich noch nie in meinem Leben gleichzeitig gespürt: Mitleid, Wut, Enttäuschung, Liebe, Scham, alles durcheinander.

Ich weiß, dass Nele jetzt an Peter denkt, und das finde ich zum Kotzen, aber gleichzeitig finde ich mich dabei selbst so unglaublich lächerlich. Der Typ hat dem Tod ins Auge gesehen und ich mache auf Herzschmerz!

Nele nimmt meine Hand und drückt sie.
Das Durcheinander in meinem Kopf löst sich auf.
Wahrscheinlich ist das Liebe.

So falsch

Rita schluchzt, die Tränen quellen ihr aus den Augen und, so sieht es zumindest aus, auch aus der Nase. Im Gruppenraum stellt ihr Erik gerade ein Glas Wasser hin, während Lotti und Janka sie von links und rechts im Arm halten. Auch die anderen versuchen, Rita zu beruhigen. Alle, außer mir. Ich bin so wütend, ich kann nicht mal rübergucken zu ihr. Warum heult die, wenn Peter ins Krankenhaus muss? Sie hatte nie was mit ihm zu tun!
»Rita, beruhig dich, ja?«, redet Erik sanft auf sie ein. »Peter geht's bald wieder besser. Ganz sicher.«
›Darum geht's doch gar nicht!‹, will ich am liebsten rufen, weil ich's endlich kapiere. ›Die macht hier bloß auf großes Drama, weil sich alles um sie drehen muss!‹
Mir fällt unser erstes Abendessen im Camp ein, nachdem ich mich verlaufen hatte. Lotti wollte wissen, ob ich im Wald Angst gehabt hätte. Ich konnte überhaupt nicht antworten, weil Rita sofort und superlaut ihre blöde Geschichte von diesem FKK-Strand erzählt hat. Und natürlich

muss ich an den Film denken, wo sie ihre Brüste gezeigt hat. Und daran, dass ich wegen ihr was Blödes zu Nico gesagt habe: dass er feige sei. Nico hätte auch mit mir Schluss machen können. Rita wäre das egal gewesen. Hauptsache, alle Welt kümmert sich um sie.

Die Tür öffnet sich.

Rita reißt sich zusammen oder tut zumindest so, als ob. Ein paarmal schluchzt sie noch auf, während Frau Icks auf uns zugeht. Zum Glück beachtet die Trainerin sie gar nicht.

»Peter ist wieder bei Bewusstsein.« Frau Icks lächelt erleichtert. »Die ersten Untersuchungen haben nichts Schlimmes ergeben. Die Ärzte vermuten, dass er zu wenig gegessen und getrunken hat.«

»Und dafür viel zu hart trainiert hat«, meint Erik. Frau Icks hält gleich dagegen: »Er war ja nie zu stoppen! Wir dachten doch beide, dass ihm das guttut!«

»Trotzdem. Ich schlage vor, dass wir es die nächsten Tage ruhiger angehen lassen«, erklärt Erik. »Ehrlich, Katja. Das ist nur ein Feriencamp.«

Frau Icks scheint erst mal überlegen zu müssen. »Du hast recht«, sagt sie dann und mustert mich dabei. Ich denke sofort, die ist wegen irgendwas sauer. Dabei habe ich mich doch diesmal gar nicht verlaufen!

»Das war super, Nele, wie du allein so schnell zurückgerannt bist. Und Hilfe geholt hast. Danke.«

Alle schauen zu mir herüber. Im nächsten Moment schluchzt Rita los. Die anderen wuseln gleich wieder aufgeregt um sie herum.

Nur ich nicht.

Es ist schon nach Mitternacht. Wir sollen hoch auf unsere Zimmer. Ich flüchte aus dem Essraum, weil ich keine Lust habe, zusammen mit Rita hochzugehen. Allerdings würde ich Nico noch gern sehen. Ich bin nicht mehr sauer auf ihn. Er hat sich so toll um Peter gekümmert im Wald. Und mit Marlon hatte er ja recht. Der hat nichts Schlimmes getan, da bin ich mir jetzt sicher.

Ich drehe mich um. Nico steht direkt hinter mir.

»Gehen wir zusammen hoch?«

»Klar!«

»Bin ich froh, dass es Peter besser geht!«, fängt Nico gleich an zu reden, während wir die ersten Stufen nehmen. »Wie bleich der aussah im Wald, oder? Ich dachte schon, der wacht nie mehr auf!«

»Bloß schade, dass er nicht mehr zurückkommt.«

»Wir sind ja eh nur noch 'n paar Tage hier.«

»Stimmt.«

Prüfend blicken wir einander in die Augen. Ich werde rot. Nico auch. Soll ich fragen, ob wir uns in Frankfurt wiedersehen? Oder muss das der Junge machen?

»Tut mir leid, dass ich Marlon nicht gefragt habe«, sagt Nico schnell.

»Macht nichts.«

Oben auf der Treppe neigt sich Nico zu mir herunter und küsst mich. Ich spüre die Spitze seiner Zunge, ganz leicht, und berühre sie mit meiner. Ich fühle mein Blut warm durch meinen ganzen Körper fließen und vergesse meine Wut auf Rita. Ich vergesse diese ganze schlimme Nacht.

»Hey, ihr zwei, ich glaub's nicht, ab in eure Betten, aber sofort!«, motzt Erik hinter uns.

Die anderen kichern.

Und dann hören wir unseren Trainer noch brummen: »Nie wieder mit Teenies, nie, NIE wieder!«

Ich bin vor Rita im Zimmer. Hektisch ziehe ich meine Shorts und ein T-Shirt für die Nacht an, aber da kommt sie schon rein. Ich lege mich ins Bett, ohne sie anzusehen. Rita setzt sich auf ihre Seite und heult los, dass es ihr sicher wieder überall herausläuft. Ich verkrieche mich unter meiner Decke.

Ich kann sie nicht mehr sehen.

»Magst du mich nicht mehr oder was?«, schluchzt Rita so vorwurfsvoll, als hätte ich was total Fieses gemacht.

Ich schnelle hoch. Ich platze!

»Das ist so armselig, was du hier abziehst! Warum heulst du, weil Peter im Krankenhaus ist? Der ist dir doch scheißegal!«

»Aber das ist alles so schrecklich! Er hat Leukämie!«

»Er hatte Leukämie. Und wenn das heute im Wald für jemanden schlimm war, dann für ihn!« Rita heult noch heftiger.

»Ich dachte echt, du wärst anders!«, flennt sie.

»Wenn ich das gewusst hätte, hätte ich dir nie erzählt, was Marlon im Wald mit mir gemacht hat. Nie!«

»Er hat gar nichts gemacht!«

»Woher willst du das wissen?«

»Er hat's mir gesagt.«

»Und du glaubst ihm das?«

»Er hat mir den Film gezeigt.«

Rita hört auf zu schluchzen, von einer Sekunde auf die andere. Mit dem Rücken zu mir zieht sie sich für die Nacht um. Dann rückt sie ihr Bett von meinem ab.

Soll sie doch.

Es macht ›Klack‹ und das Licht ist aus. Ich würde gern sofort einschlafen, aber das schaffe ich bestimmt nicht. Im nächsten Augenblick sacke ich innerlich nach unten, spüre noch einmal diese Riesenwut und bin weg.

Der Suchtrupp

Es ist drei Uhr siebenunddreißig und ich bin
hellwach, ohne nachtaktiv zu sein. Stattdessen
genieße ich die Erinnerung an einen Kuss mit
Zunge. Wer weiß, wo oder wobei Nele und ich
jetzt wären, wenn Hulk nicht dazwischengeplatzt
wäre. ›Teenie‹ sagt übrigens kein Mensch mehr,
das sollte er als Jugendversteher eigentlich
wissen.
Ich habe das Wort ›wissen‹ gerade zu Ende
gedacht, da klopft es zart an unsere Tür. So zart,
dass davor nur eine stehen kann.
Meine Rose.
Aber warum? Will sie's etwa? Hier und jetzt, mit
zwei anderen Jungs im Raum?! Hastig taste ich
mich im mondhellen Zimmer zur Tür und öffne
sie. Wirklich, da steht Nele, aber ich kann nicht
erkennen, ob sie sich in eindeutiger Stimmung
befindet oder nicht.
»Komm rein«, flüstere ich.
Sie huscht durch den Türrahmen. Leise schließe
ich die Tür und greife nach ihrer Hand. Ich bin
bereit. Natürlich. Wenn sie's unbedingt will?
Obwohl ich sie ganz anders eingeschätzt habe.
Ich schließe meine Rose fest in den Arm.

»Lass uns einen schönen Platz suchen«, flüstere ich ihr mit eindeutiger Romantik in der Stimme ins Ohr.

»Wozu?«, flüstert Nele.

»Na ja«, flüstere ich zurück, »hier, ich meine ... mit Marlon und Lukas ... Weiß nicht, wie fest die schlafen.«

Nele schält sich aus meiner Umarmung.

»Aber wie du willst«, sage ich schnell.

»Rita ist weg«, sagt Nele.

»Ach!«

Ich bin erleichtert, ich muss es so ehrlich sagen. Ich weiß nicht, ob ich zu einer – meiner ersten! – Performance fähig gewesen wäre. Auch wenn ich ein paar Kondome mitgebracht habe. Man weiß ja nie.

»Hast du mich gehört?«, hakt Nele nach.

»Ja?«

»Rita ist weg!«

»Rita ist weg?«

»Ja«, raunt Nele ungeduldig. »Wir haben uns gestritten. Hilfst du mir, sie zu suchen?«

»Natürlich! Aber ... sollen wir nicht lieber den Trainern Bescheid sagen?«

Nele zögert.

»Die Icks rastet nur wieder aus. Wir finden sie schon.«

»Okay, dann ... Ich zieh mich schnell an!«

Ich werfe mir Lukas' Zipper-Poncho über und schnappe mir meine Schuhe. Die Schlafanzughose kann bleiben, wo sie ist, die passt wenigstens. Einer meiner Schuhe donnert auf den Boden. Lukas schnorchelt hysterisch auf und katapultiert sich in die Senkrechte, wobei sein Schädel lautstark gegen das Bett über ihm knallt.

»Au! Shit! Was ...«

»Sch!«, zischen Nele und ich gleichzeitig.

»Was ist los?« Das war Marlon.

»Ist wieder Party?«, murmelt Lukas verpennt.

Ich schalte das Licht an. Wir können Verstärkung brauchen, denke ich auf einmal.

»Rita ist weg«, erklärt Nele jetzt zum dritten Mal.

Lukas stemmt sich schnaubend aus seinem Bett und schlüpft in seinen Trainingsanzug, nachts trägt er grundsätzlich nur neonfarbene Boxershorts.

»Warum?«, hören wir Marlon mies gelaunt fragen.

»Weiß nicht genau«, weicht Nele aus. »Können wir los?«

»Klar!«, sage ich zu Nele und »Kommt!« zische ich meinen Kumpels zu. Aber Marlon rührt sich nicht.

»Keinen Bock auf die Spielchen von der.«

»Mann, die ist weg!«, werde ich energisch wie selten.

»Na und? Mir doch scheißegal.«

»Dann bleib ich auch hier«, erklärt Lukas verschämt. Wenigstens weiß ich jetzt Bescheid:

Der ist in Marlon verknallt. Deswegen kann er nicht ohne ihn.

»Lies mal ›Die Mitte der Welt‹, Luke«, sage ich.

»Lass uns endlich los, ja?«, drängelt Nele. Meine wenig hilfsbereiten Kumpels guckt sie nicht mal mehr an.

Wir schleichen aus dem Zimmer, die Treppe hinunter. Die Haustür ist abgeschlossen. Egal, wir steigen im Gruppenraum aus dem Fenster, das sowieso sperrangelweit aufsteht. Offensichtlich hatte Rita dieselbe Idee. Draußen suchen wir die Stirnlampen, die wir nach dem Nacht-O.L. auf den Terrassentisch gelegt haben. Die Icks hat sie anscheinend eingesackt, auf jeden Fall sind alle weg.

»Ich habe meine Taschenlampe mitgebracht.« Nele zieht sie aus ihrer Trainingsjacke. Die Taschenlampe ist winzig, besitzt aber einen starken Lichtstrahl.

»Ich weiß gar nicht, ob sich Rita überhaupt in den Wald traut«, wispert Nele, während wir über die Terrasse huschen. »Und ob sie eine Taschenlampe dabeihat.«

»Wenn nicht, ist sie bestimmt die Landstraße lang«, kombiniere ich messerscharf. »Da gibt's doch Straßenlaternen!«

Minutenlang laufen wir die Landstraße entlang und halten erfolglos nach der ersten Laterne Ausschau.

»Die hat wohl doch eine Taschenlampe dabei«, vermute ich. »Aber in den Wald ist sie bestimmt nicht!«

»Hoffentlich.«

Ich nehme Neles Hand. Ich habe Schiss hier auf der unbeleuchteten Straße. Nele geht's genauso, auf jeden Fall drückt sie mit ihrer schmalen Hand fest zurück.

»Versuch doch mal, sie anzurufen«, schlage ich vor.

»Hab ich schon. Bevor ich zu dir rübergegangen bin. Wahrscheinlich hat sie kein Signal.«

Nele probiert es trotzdem noch mal, mit einem Handy, das nach Steinzeit aussieht.

»Es klingelt!«, ruft sie erleichtert.

Nur geht Rita nicht ran.

Seufzend steckt Nele ihr Handy wieder ein und dreht sich besorgt zu mir um. Sie sieht so wunderschön aus, auch wenn ich ihr Gesicht kaum sehe, weil ein kalter Rückenwind ihre Haare nach vorn pustet. Vorsichtig streiche ich ihr eine dunkle Strähne aus der Stirn.

Meine Hände zittern.

»Kalt, oder?«, haucht Nele.

»Ja«, krächze ich. Aber eigentlich zittere ich so, weil das die allererste Strähne war, die ich einem Mädchen aus dem Gesicht gestrichen habe.

»Was machen wir jetzt?«, will Nele von mir wissen.

Ich seufze, weil ich natürlich alle möglichen, romantischen Ideen dazu hätte. Aber Nele will

ihre Freundin finden. Und wenn ich so darüber
nachdenke, will ich das auch. Obwohl ich Rita
nicht mag. Aber nachts allein im Wald
herumlaufen ist der Horror. Vor allem, wenn
einem dabei dieses beschissene Geräusch ins
Ohr dröhnt, das wir so oft im Wald gehört haben.
Hier und jetzt.
Das Motorrad des Campjungen.

Orientierung

Auch wenn ich weiß, dass der Campjunge nichts
getan hat: Dieses Knattern versetzt mich in die
totale Schockstarre. Was macht der Typ mitten in
der Nacht im Wald?! Wir starren in die grellen
Scheinwerfer des Motorrads, die sich viel zu
schnell nähern. Der Campjunge will in uns
hineinfahren! Als das Licht mich blendet, ziehe
ich Nico mit mir in den Graben hinter uns.
Wir schreien, als würde uns jemand abstechen.
Der Campjunge wendet und heizt ein zweites
Mal auf uns zu. Der wird ja wohl nicht in den
Graben brettern? Da springt Nico, keine Ahnung
warum, vor ihm auf die Straße. Der Campjungen
muss ausweichen, schlittert und knallt auf den
Asphalt.
Nico baut sich vor ihm auf. Seine langen Arme
schlottern, vor Wut wahrscheinlich oder vor
Angst. Der Campjunge hält sich den Kopf. Er
trägt gar keinen Helm, das fällt mir erst jetzt auf.
»Geht's?«, schreit Nico, aber es klingt wie: »Ich
hau dir gleich eins in die Fresse!«
»Ja!«, keift der Campjunge zurück.
»Dann ist ja gut, du Wichser!«, brüllt Nico
weiter, während sich der Campjunge aufrappelt.

»Was soll der Terror, Mann?! Geilt dich das irgendwie auf?!«

»Geilt's EUCH auf, Muschi zu mir zu sagen?«

»Hab ich nie gesagt! Nele auch nicht!«

»Nee«, gibt der Campjunge Nico recht. »Aber angucken, wenn ich euch extra Salami auf den Tisch stelle, wäre auch mal nett! Oder fragen, wie ich heiße! Ich höre immer nur: ›Ey, du da, hast du noch Salami?‹, ›Ey, du da, der Käse schmeckt scheiße‹, ›Ey, du da, habt ihr nur diesen Billigapfelsaft?‹. Ihr verfickten Leute aus der Stadt denkt immer, ihr seid was Besseres!«

»Denke ich nicht«, sagt Nico.

»Klar denkste das.«

Ruckartig richtet der Campjunge das Motorrad auf. Ich finde, er hat recht. Wir haben den wie einen Diener behandelt.

»Wie heißt du denn?« Ich komme mir bescheuert vor bei der Frage, weil's dafür natürlich viel zu spät ist. Er lacht auch bloß und springt auf sein Motorrad.

»Was macht ihr eigentlich nachts im Wald?«, will er trotzdem noch wissen. »Fummeln oder was?«

»Eine von uns ist abgehauen«, antworte ich. »Rita. Hast du die vielleicht gesehen? Die mit den Locken.«

»Die Schöne?«

»Ja.«

»Hast du sie gesehen?«, hakt Nico nach.

»Nee.«

Der Campjunge wirft sich in die Pedale, aber sein Motorrad springt mal wieder nicht an. Und dann erzählt er uns doch noch was: »Die ist bestimmt in den kleinen Pfad rein. Wenn der Mond scheint, kann man da gut sehen. Verirren sich trotzdem alle drin.«

»Hilfst du uns suchen?«, bitte ich ihn.

»Nee. Ich muss zu Hause sein, bevor meine Eltern aufstehen.« Er schafft es endlich, seine Maschine zu starten.

So schnell wir können, rennen Nico und ich zurück. Ich könnte das Tempo noch anziehen, aber ich will ja Nico nicht abhängen. Ich bin so froh, dass er mich nicht alleingelassen hat. Dass er mir hilft, Rita zu finden. Obwohl er sie, glaube ich, ziemlich bescheuert findet.

»Sollen wir ...«, keucht Nico neben mir, »nicht wenigstens Erik Bescheid sagen?«

»Ich will nicht, dass Rita Ärger kriegt. Wir versuchen's mal bei dem Pfad, von dem er gesprochen hat. Wenn wir sie dort nicht bald finden, wecken wir die Trainer. Okay?«

»Okay.«

Wir verschwinden im Wald. Das Mondlicht wird von den dichten Wipfeln der Laubbäume verschluckt. Ich halte meine winzige Taschenlampe Richtung Boden, damit wir wenigstens ungefähr sehen, wo wir hintreten. Nicos Gesicht kann ich nicht mehr erkennen.

»Versuch noch mal, sie anzurufen«, höre ich seine Stimme. Ich glaube nicht, dass das Sinn macht, tue es aber trotzdem.

Es klingelt.

»Nele!«, schreit Rita mir panisch ins Ohr. »Ich … ich bin den Pfad langgelaufen. Bis zu so 'nem Bach. Ich dachte, ich kenne den. Aber drum herum, da sah alles ganz anders aus! Ich bin zurück, aber da hab ich dann gar nichts mehr wiedererkannt …«

Im nächsten Augenblick weiß ich, was wir machen müssen.

O. L.

»Hast du deine Taschenlampe dabei?«

»Ja.«

»Was siehst du um dich herum?«

»Na, Wald, was sonst!«

»Was für Bäume?«

»Alles Mögliche!«

»Nadelbäume?«

»Ja, auch … Und so hohe Bäume mit runden Blättern… Mann, Nele, was soll das denn jetzt?!«

»Sie ist in einem Mischwald«, erkläre ich Nico und fingere in meiner Jackentasche herum. Da ist noch der O. L.-Plan des Nachtlaufs drin. Ich gebe ihn Nico. Der kapiert sofort und glättet ihn. Mit meiner kleinen Taschenlampe leuchte ich auf die bunte Karte.

»Siehst du noch irgendwas?«, frage ich Rita weiter.

»Nein.« Wenigstens klingt sie etwas ruhiger.

»Geht's irgendwo bergauf?«
»Ja ... Links von mir. Aber nicht steil.«
Nico tippt mit seinem Zeigefinger auf drei
verschiedene Punkte auf der Karte.
»Wie ist der Boden beschaffen?«
»Bloß normale Erde. Und ... ein paar große
Steine.«
Nico zeigt auf zwei Stellen.
»Die sind glitschig ...«, redet Rita hastig weiter.
»Und da ist so was Grünes drauf ... Moos.«
Nico nickt. Er hat Ritas Position gefunden.
»Alles klar. Bleib, wo du bist.« Ich versuche, ganz
ruhig zu klingen. »Wir sind gleich da.«
»Wer denn noch?«
»Nico.«
Und dann ist Rita weg.

Der Zeuge

Zusammengesunken hockt Rita auf einem Baumstamm und starrt apathisch in das grelle Licht ihrer Taschenlampe. Sogar ihre Locken hängen schlapp herunter. Nele will sie in den Arm nehmen, aber Rita zieht abwehrend ihre Schultern hoch.

»Wo wolltest du denn hin?«, fragt Nele sie trotzdem.

»Weiß nicht. Bloß weg von dem ganzen Scheiß hier«, zischt Rita, als wäre Nele ihre Todfeindin. Ich bin sowieso Luft für sie, wenn überhaupt. Und für diese Frau wäre ich fast von Lederjacke überrollt worden!

»Warum wolltest du denn weg?«, versucht Nele es weiter.

»Warum wohl!«

»Weil ich dir nicht geglaubt habe?«

Rita lässt ihren Kopf sinken und Locken verbergen, was dahinter vorgeht. Bis wir es hören. Rita weint. Sonst hört sich so was bei ihr nach schlechter Casting-Show-Performance an. Diesmal nicht.

So klingt Verzweiflung.

»Ich weiß nicht, wem ich glauben soll.« Nele streicht sanft Ritas Locken zurück. »Ich meine ... Ich verstehe nicht, warum du Marlon diesen Film geschickt hast.«

Verschreckt schaut Nele zu mir rüber, so, als hätte sie das mit dem Film nicht verraten dürfen. Rita schlägt Neles Hand weg.

»Warum wohl!« Anklagend starrt sie mich an. Ich fühle mich sofort schuldig, ohne zu wissen, warum eigentlich. Nele hat zumindest eine Vermutung.

»Wolltest du Nico eifersüchtig machen?«

Ritas Schweigen ist für mich ein klares Ja. Kurz fühle ich mich geschmeichelt. Rita hat einen Film gedreht. Wegen mir. Natürlich muss ich wissen, um was für einen Film es sich handelt.

»Von welchem Film redet ihr?«

»Tu doch nicht so, als hättest du den nicht gesehen!«

»Hab ich nicht!«

»Marlon hat dir den nicht geschickt?«

»Nein! Was war das denn für ein Film?«

Rita lacht und es klingt so freundlich, als wolle sie mir eine reinhauen. Sie hebt ihren Sweater hoch. Darunter trägt sie ein T-Shirt, aber natürlich wird mir der Inhalt des Films augenblicklich klar. Rita hat Marlon ihre Brüste gezeigt. Wegen mir. Ich weiß nicht, was ich sagen soll. Zum Glück redet Rita weiter.

»Weißt du, wie sich das anfühlt, im Bus mal so eben abserviert zu werden?« Sie macht mich sehr treffend, wie ich zugeben muss, nach: »Du, tut mir ja soooo leid, Rita, aber ich steh einfach nicht auf dich.«

Und dann sage ich etwas, das noch dämlicher ist als mein aktueller Gesichtsausdruck: »Du baggerst doch ständig irgendwelche Typen an.«

Rita springt auf.

Nele schaut mich entsetzt an.

Wenn das ein Film wäre, ich würde ihn an dieser Stelle zurückspulen. Obwohl ich es so meine. In der Schule hängt Rita mit allen möglichen Typen ab, da kann ich doch nicht so wichtig sein. Obwohl ich mich selbst ganz attraktiv finde, ein bisschen schlaksig vielleicht, aber die Visage und meine blonde Haarpracht stimmen.

»Und deswegen dürfen Jungs mit mir machen, was sie wollen oder was?«, keift Rita mich an.

»Quatsch!« Überfordert reiße ich die Mundwinkel hoch.

»Was grinst du so blöd?!«

»So meinte ich das doch nicht«, stammele ich hilflos.

»Lasst uns gehen, ja?«, bittet uns Nele.

Schweigend verlassen wir zu dritt den Wald, bleiben dann aber gleichzeitig stehen, weil wir das Motorrad hören. Ich bekomme automatisch Gänsehaut. Aber Lederjacke fährt erstaunlich langsam auf uns zu und stoppt in sicherer Entfernung. Wir gehen näher an ihn ran. Warum ist der zurückgekommen?, frage ich mich.

Nele kapiert als Erste, warum.

»Du hast was gesehen im Wald, oder?«

»Ja«, antwortet der Junge, dessen Namen wir noch immer nicht wissen, weil wir ihn nicht wissen wollten.

»Und was hast du gesehen?«, hakt Nele nach.

»Dass der Typ mit dem Stoppelschnitt ein Arschloch ist, das hab ich gesehen. Deswegen habe ich ja diesen Lärm gemacht mit meiner Maschine. Ohne mich hätte der Typ bestimmt nicht aufgehört mit dem Scheiß!«

Die Mädels schweigen.

Ich auch.

Lederjacke schiebt sein Motorrad auf den Waldpfad.

»Wie heißt du?«, ruft Nele ihm nach.

»Jonas.«

Jonas setzt sich auf sein Motorrad. Erst hören wir einen Knall und dann das Knattern, das jetzt nicht mehr bedrohlich klingt.

Im Gegenteil.

Monster

Als wir zurück auf unserem Zimmer sind, rücken Rita und ich die beiden Baumstamm-Betten wieder zusammen. Ich bin so froh, dass ich Rita endlich glauben kann. Dass ich doch weiter mit ihr befreundet sein kann.

Wir sind beide total durchgefroren. Bibbernd steige ich in einen kuschligen Sweat-Anzug. Rita streift sich ein Longshirt über und huscht unter die Bettdecke.

»Willst du's morgen nicht lieber deinen Eltern erzählen?«, frage ich Rita. »Die müssen doch wissen, was dir passiert ist. Ich meine, damit sie was unternehmen können!«

»Nein. Ich will den ganzen Scheiß nicht noch mal erzählen.« Rita zieht sich die Bettdecke bis ans Kinn. »Und schon gar nicht meinen Eltern. Ich hab's dir doch gesagt: Die werden mir die Schuld an allem geben.«

Ich lege mich neben sie und versuch's weiter:

»Aber wir haben doch Jonas als Zeugen!«

»Und was soll der sagen?«

»Dass Marlon dich auf den Boden gedrückt hat! Dass er auf dir lag und dich angefasst hat! Du hast ihm doch gesagt, dass er runter soll von dir, oder?«

Rita antwortet mir nicht. Sie guckt mich auch nicht an.

»Ich meine, ich weiß, dass du vorher ›Nimm mich‹ und so was zu Marlon gesagt hast. Aber dann ... Ich meine, er wusste doch, dass du nicht willst. Oder?«

»Nele, kannst du mich in den Arm nehmen?« Rita sieht todmüde aus, als sie mich darum bittet. »Und nicht mehr drüber sprechen? Mir ist so kalt. Und ich bin so alle.«

Sie hat recht. Es ist genug passiert heute.

Ich strecke meinen Arm aus. Rita kuschelt sich an mich, wie Ferdi, wenn er nachts Angst vor Monstern hat.

Musst es eben leiden

Leise schleiche ich ins Zimmer. Lukas schnarcht friedlich und in akzeptabler Lautstärke. Ich spüre trotzdem so eine angespannte Atmosphäre, so ein Bitzeln in der Luft. Ich bin mir sicher: Marlon pennt nicht.
»Marlon?«
Keine Antwort.
»Marlon?«
Nichts.
Was hätte ich ihm auch sagen sollen? ›Ich weiß, was du getan hast. Wir haben einen Zeugen?‹
Darf ich das überhaupt? Muss Rita nicht entscheiden, was sie tun will? Trotzdem... Soll ich Marlon nicht wenigstens vorwarnen? Er war immerhin mal mein Kumpel.
Leise husche ich unter meine Bettdecke.
Plötzlich fühle ich mich schuldig. Rita hat sich nie anmerken lassen, wie scheiße es ihr geht, weil ich nichts mehr von ihr wollte. Sie hat mich in Ruhe gelassen, als ich Nein zu ihr gesagt habe. Marlon hat Rita nicht in Ruhe gelassen, als sie Nein zu ihm gesagt hat.
Ich werde den Typen definitiv nicht vorwarnen.

Nach dem Frühstück versammeln wir uns wie immer auf der Terrasse. Auf dem Vorsprung hocken schon Lukas und Marlon. Die beiden machen auf dicke Hose und Freunde. Marlon hat sogar einen Arm um Lukas' gut gepolsterte Schultern gelegt. Lukas ist natürlich im siebten Himmel. Meine Wenigkeit würdigen die beiden keines Blickes. Stattdessen drücken sie ihre Ärsche breit, sodass ja keiner mehr neben ihnen Platz hat. Marlon hat natürlich kapiert, dass irgendwas nicht stimmt. Ich konnte den Typen heute Morgen kaum angucken. Ich werde das nicht vergessen, dass der einfach so eine Rose gepflückt hat. Nicht meine. Rita. Weil er sie haben wollte.

Unser letzter Lauf ist ein Gruppen-O. L. mit dreizehn Posten, die wir alle zusammen suchen sollen. Die Sonne scheint wieder wie zu Beginn des Camps, auch wenn es nicht mehr so brüllend heiß ist. Die ersten Blätter färben sich schon rot und gelb. Das war's wohl mit dem Sommer.

»Kein Wettkampf mehr«, erklärt Frau Icks, »nur Spaß!«

Ich wundere mich, dass sie dieses Wort überhaupt kennt. Vor dem Start bilden wir einen Kreis und besprechen die Route zum ersten Posten. Anschließend jagen wir über den verknorpelten Waldboden. Ich laufe neben Rita und Nele. Wir sind alle doppelt so schnell wie bei unserem ersten Dauerlauf. Wir keuchen nicht mehr asthmatisch. Lukas schleppt eine

Bauchrolle weniger mit sich herum. Meine Muskulatur gleicht den unebenen Laufboden locker aus. Ich bin zu einem Frühaufsteher mutiert und habe, ich kann's selbst kaum glauben, eine Freundin.

»Da ist er!«

Ben und seine Combo hüpfen auf einen rot-weißen Stoffschirm zu. Wir folgen ihnen. Erik und die Trainerin haben sich für den Gruppen-O. L. ins Zeug gelegt: Am ersten Posten hängt ein Foto von Dafne, auf dem sie einen Hügel herunterspringt und trotz schwärzester Augenbemalung überraschend glücklich aussieht.

Man könnte sagen, das Camp war ein voller Erfolg.

Trotzdem habe ich beim Laufen dieses Horrorlied im Schädel, kein Schlaflied, denn wach bin ich, obwohl ich in der Nacht kein Auge zugetan habe. Es ist das Rosenlied, das mir meine Mutter früher vorgesungen hat. Und jetzt, wo ich hier mit den Jungs und Mädchen durch den Wald laufe, fällt mir die dritte Strophe ein.

»Und der wilde Knabe brach,
's Röslein auf der Heiden.
Röslein wehrte sich und stach,
Half ihm doch kein Weh und Ach,
Musst es eben leiden.
Röslein, Röslein, Röslein rot,
Röslein auf der Heiden.

Komisch, dass in diesem Lied der Knabe leiden muss. Ich meine, gestochen werden ist ja wohl eindeutig nicht halb so grausam wie gepflückt werden. Oder?

Ich lenke mich mit den beiden Mädchen neben mir ab: mit Nele, die mir gar nicht mehr wie eine zarte Rose vorkommt. Eher wie eine starke, schmale Birke. Auch Rita hat sich verändert, nicht nur wegen ihrer weiten Kleidung, in der sie zerbrechlicher wirkt als vorher.

»Rita, ich, äh, wollte dir sagen, also ...«, stottere ich los. Die zwei Mädchen drehen verwundert ihre Köpfe zu mir rüber. »Es tut mir, äh, echt leid, dass, also, ich meine, dass ich dich so...«

»Abserviert habe?«, fragt Rita.

»Ja.«

»War eben nicht das Richtige.«

Ich will schon mit »Stimmt« antworten, aber es erscheint mir unsensibel.

»Der Richtige kommt schon noch!« Ich klinge wie meine Uroma Ellen, aber etwas Weiseres fällt mir spontan nicht ein. Rita zuckt die Achseln, als wolle sie alle Gedanken an unsere Ultrakurzbeziehung abschütteln. Stattdessen rennt sie los, an die Spitze, neben die friedlichen Blonden, die unsere Herde souverän anführen. Vor mir laufen außerdem die drei Kleinen und, Hand in Hand, Jan und Lena. In fünf Jahren bauen die ein Reihenhaus.

Nele bleibt bei mir, obwohl es ihr sicher in den Füßen juckt, auch an die Spitze zu rasen.

»Lauf ruhig vor.«

»Nein. Ich meine... Ich hab gerade an was anderes gedacht, Nico.«

»An was?«

»Sehen wir uns in Frankfurt?«

»Was? Klar!«

Ich versuche, sie im Laufen zu küssen, aber leider knallen dabei nur unsere Stirnpartien aneinander. Selbst das jagt mir einen Schauer über den Rücken. Kichernd rast Nele los, neben Rita und die Friedlichen.

»Zu kleine Titten, weißte, die Nele...«, höre ich hinter mir jemanden faseln. Marlon. Der weiß ja nicht, was wir wissen, und fühlt sich geil wie eh und je.

Ich stoppe abrupt. Marlon läuft auf mich auf, taumelt, legt sich aber leider nicht lang. Ich helfe mit meinen Händen nach, wobei ich meine neue Bizepsmuskulatur spüre und genieße. Marlon knallt rückwärts auf den Waldboden und landet mit dem Kopf neben einem Ameisenhügel. In Sekundenschnelle rappelt er sich hoch. Seine Augen sind so knallrot, als hätten die kleinen Waldarbeiter direkt reingepisst. Es ist aber nur Wut, dem Tritt nach zu urteilen, der in meinem Bauch landet.

»Ich kann Titten finden, wie ich will!«, brüllt er mich an.

»Ja, und du machst mit denen auch, was du willst!«

Ben und seine Freunde hatten, wie ich aus den Augenwinkeln bemerke, gerade vor, einzugreifen, wollen jetzt aber mehr erfahren. Ein zweiter Schlag soll meinen Mund treffen, aber ich kann Marlons Faust ausweichen. Maul halten, sollte das wohl heißen. Ich beschließe, mein Maul aufzureißen, und das nicht nur, um Neles Zitronen zu verteidigen. Soll doch jeder wissen, was für einen Scheiß mein Exkumpel in unserem Feriencamp gebaut hat.

»Du wolltest Rita an die Wäsche, du Drecksack!«

»Bullshit! Die wollte das! Oder was glaubst du, warum die mir 'n Titten-Film geschickt hat?!«

»Bestimmt nicht, damit du sie im Wald anspringst!«

»Kapierst du's nicht?! Die wollte das!«

»Nein! Und das hat sie dir auch gesagt!«

»Hat sie nicht, verdammte Scheiße!«

Alle starren Rita an, die mit Nele und den Blonden zurückgekommen ist.

»Das hast du nicht. Du hast nicht Nein gesagt!«, schreit er Rita an.

»Ich wollte trotzdem nicht!«, schreit Rita zurück.

»Das hab ich nicht gemerkt!«

»Ich hab doch versucht, dich runterzukriegen!«

»Ich hab's nicht gemerkt«, wiederholt Marlon und er klingt jetzt eher verzweifelt als wütend.

»Du hast so krass rumgemacht mit mir in der Höhle … Ich dachte, du wolltest mehr.«

Rita sieht in die Runde. Alle starren sie an. Erst denke ich, sie will abhauen, aber sie redet weiter.

»Nein. Ich wollte nicht mehr. Hast du nicht gemerkt, dass mir die Tränen kamen? Das musst du doch gesehen haben!«

Es ist ganz still.

Nur die Blätter der Bäume rauschen.

Marlons Augen werden feucht und in seinem Gesicht zuckt es, vor allem um die Nase herum. Lukas will einen Arm um Marlon legen, aber sein Kumpel rennt weg.

Wir sehen uns alle ziemlich belämmert an, bis wir ihm doch hinterherlaufen. Aber Marlon ist nicht weit gekommen. Er steht vor einem dicken Baumstamm und starrt ihn an. So, als wüsste der Baum für jedes Problem eine Lösung.

Jetzt erst sehe ich, dass sich im Stamm ein Loch befindet, ein Loch mit etwas Rot-Weißem drin. Der nächste Posten. Lukas greift hinein und zieht ein Foto von Peter heraus. Ernst wie immer starrt Peter in die Kamera. Ich wundere mich über die Falten um seine Augen, die ihn viel zu alt wirken lassen. Mit einem Mal und nur für eine Sekunde schnalle ich, dass dieser ganze Mist zum Leben dazugehört. Wut. Schuld. Angst. Und dass Peter das schon lange weiß. Vielleicht ist er deswegen immer so traurig gewesen. Vielleicht hat er deswegen seine Haare nicht mehr wachsen lassen.

Meine Augen werden feucht. Mist. Ich spüre Neles weiche Haare und ihre warme Stirn an meinem Oberarm. Ich denke das Gleiche wie damals, als Peter im Wald von den Sanis

abtransportiert wurde und Nele meine Hand
nahm: Alles ist kompliziert, bloß das nicht.
Und dann krieg ich Panik, dass das nicht immer
so bleibt.
Am Ende des Waldlaufs bringen wir den Trainern
dreizehn Fotos zurück. Jeder darf seines
mitnehmen. Jan und Lena tauschen ihre sofort
und, okay, Nele und ich auch. Kann sein, dass wir
auch mal ein Reihenhaus bauen. Oder auch
nicht. Niemand erzählt den Erwachsenen etwas
von der Schlägerei oder der Sache im Wald. Was
auch? Ich glaube, keiner versteht wirklich, was
passiert ist zwischen Rita und Marlon. Nicht mal
die beiden selbst.
Wer Schuld hatte, meine ich.

Frankfurt

Diesmal sitze ich nicht allein im Bus, sondern in der letzten Reihe mit Rita, Nico, Lotti und Janka. Wir blödeln herum. Rita gackert am lautesten. Vielleicht will sie so tun, als wäre sie wieder die Alte. Ist sie natürlich nicht. Aber ich tu ja auch so, als wäre nichts geschehen. Wir tun alle so. Manchmal denke ich, wir hätten mit den Trainern über alles reden sollen. Vielleicht hätten die Erwachsenen mehr gewusst. Vielleicht hätten die das alles besser beurteilen können. Wahrscheinlich aber nicht.

Nico checkt in seinem Smartphone, wo wir waren.

»Eher nördlich«, erklärt er uns. »So in Westfalen.«

»Du wusstest die ganze Zeit nicht, wo du bist?«, fragt Janka fassungslos.

»In der Pampa. Reicht doch.«

Wir gackern alle auf einmal los, sind aber sofort still, als Frau Icks auf uns zusteuert.

»Peter hat gesagt, ihr beide wollt weitermachen mit dem Orientierungslaufen?«, fragt sie mich freundlich.

149

»Stimmt. Ist Peter schon wieder in Frankfurt?«
»Ja, und auch schon zu Hause. Ich maile euch beiden die Adresse eines guten Vereins.«
»Super. Danke!«
»Ich würd eigentlich auch gern weitermachen«, erzählt mir Nico, als die Trainerin weg ist.
»Echt?«
Meine Stimme kiekst peinlich, aber ich freue mich eben so sehr. Dann werden Nico und ich uns auf jeden Fall oft sehen! Ich greife nach seiner Hand, habe aber sofort ein schlechtes Gewissen, weil Rita so traurig herüberschaut. Ich lächele sie an und denke: Jetzt macht sie gleich wieder irgendeinen komischen Witz und kichert viel zu laut. Macht sie aber nicht. Überhaupt wird es ganz still im Bus.
Wir sind in Frankfurt.
An der Bushaltestelle wartet schon eine Riesengruppe Erwachsener mit kleinen Geschwistern auf uns. Meine Mutter steht ganz vorn, mit Ferdi auf dem Arm. Als mein kleiner Bruder mich im Bus entdeckt, hüpft er hoch und verpasst meiner Mutter mit dem Kopf einen Kinnhaken.
Ich stehe von meinem Platz auf und winke. Meine Mutter zeigt vor Freude ihre großen Zähne. Ich weiß nicht warum, aber plötzlich würde ich am liebsten losheulen. Irgendwie hatte ich gehofft, dass mein Vater und sie händchenhaltend auf mich warten würden. Aber warum sollten die wieder zusammen sein?

Der Bus hält.

Während wir zur Tür gehen, schiele ich zu Rita hinüber.

»Ich will auch nicht nach Hause«, sagt sie, als sie meine feuchten Augen sieht.

Wir steigen aus.

Das Camp ist vorbei.

Ich denke an zu Hause, an die Schule, das frühe Aufstehen, Einkaufen, Auf-Ferdi-Aufpassen. Unsere-Taschen-Packen, bevor Ferdi und ich zu Papa fahren.

Das geht jetzt alles wieder los.

Draußen springt mir mein kleiner Bruder entgegen.

»Du riechst anders!«

Ich hebe ihn hoch und er vergräbt sein Gesicht an meinem Hals. Mama drückt mich, lässt mich aber gleich wieder los, dabei finde ich es schön. Ich höre Nico »Ist ja gut! Ich lebe ja noch!« rufen. Seine Mutter knutscht ihn ab. Sein Vater knallt ihm alle paar Sekunden lachend auf den Rücken. Dann blicken die drei zu mir herüber. Nicos Mutter guckt erst komisch, irgendwie erschrocken, aber dann lächelt sie und winkt. Ich winke zurück. Natürlich drehen sich jetzt auch Ferdi und meine Mutter zu den dreien um.

»Gehen wir was essen?«, schlage ich meiner Familie schnell vor. Das mit Nico ist erst mal meine Sache.

»Pommes!«, brüllt Ferdi.

Die ersten Familien steigen in ihre Autos, auch Nico und seine Eltern. Er sucht meinen Blick und hebt sein Smartphone. Ich nicke. Dafne winkt in unsere Richtung und steigt dann zu ihrem Vater in eine uralte, schwarze Karre. Lotti und Janka rufen mir etwas zu, bevor sie Erik kichernd jede einen Kuss auf die Wange geben. Dann steigen sie in einen Van mit vier Erwachsenen, zwei kleinen Jungs und einem Baby. Ben und seine Kumpelin wollen sich nicht in den Autos ihrer Eltern verstauen lassen. Die wollen noch spielen, denke ich, bis Ben diesem Mädchen einen dicken, schönen Kuss auf den Mund gibt. Wow. Das habe ich überhaupt nicht mitgekriegt! Marlon wird von so 'nem gelackten jungen Typen abgeholt. Bestimmt sein Bruder. Sie begrüßen sich steif mit Handschlag, dann trottet Marlon mit einem Meter Abstand hinter dem jungen Typen her zu einem auberginefarbenen, glänzenden BMW. Er sagt keinen Ton. Er hat auch die ganze Busfahrt über nichts gesagt, nicht mal zu Lukas.
Lukas' Eltern erkennt man gleich an ihren Fettpolstern und der guten Laune. Jan und Lena sind weg, ohne dass ich mitbekommen hätte, wer sie abgeholt hat.
Wir sind die Letzten, weil Ferdi in die Büsche muss.
Bloß Rita steht noch bei uns.

»Wir warten, bis deine Eltern dich abholen«,
höre ich meine Mutter sagen, während ich mit
Ferdi zurückkomme.
»Müssen Sie aber nicht«, antwortet Rita höflich.
Wir bleiben trotzdem.
Irgendwann fragt meine Mutter, ob Rita ihre
Eltern nicht anrufen will. Rita schüttelt den Kopf.
Ich glaube, sie ist so enttäuscht, dass sie kein
Wort mehr rauskriegt. Dann düst ein gelbes Auto
auf uns zu, so ein winziger Austin Mini. Ritas
Eltern springen raus.
»Ich wollte noch warten, bis Papa mit der Arbeit
fertig ist«, sagt die Mutter. »War's schön?«
Die entschuldigen sich nicht mal, dass sie viel zu
spät gekommen sind! Und meine Mutter, Ferdi
und mich scheinen die gar nicht zu bemerken!
Ritas Mutter redet und redet, während ihr Papa
den Rollkoffer zieht und blöd grinst. Die tragen
Klamotten wie die Studenten in Frankfurt,
obwohl Ritas Eltern todsicher viel älter sind als
meine Mutter.
Im Gehen dreht sich Rita zu uns um. Ich mache
das Zeichen für Telefonieren. Sie lächelt, wirft
ihre dicken, rotblonden Locken nach hinten und
reißt ihrem Vater den Rollkoffer aus der Hand.
Mama, Ferdi und ich fahren zu Kostas, unserem
Lieblingsrestaurant, wo es Berge von selbst
gemachten Pommes und das perfekte Zaziki gibt.
Ich sitze hinten im Auto, neben meinem Bruder.
Ferdi wollte unbedingt mit mir Händchen halten.

»Papa ruft heute Abend an«, erzählt meine
Mutter. »Wenn du willst, kannst du morgen zu
ihm. Er hat sich den ganzen Tag freigenommen.«
»Schön.« Ich vermisse meinen Vater.
»Du bist braun geworden, Nele.« Meine Mutter
sucht im Autospiegel meinen Blick. »Und groß.
Und noch hübscher als vorher.«
Dass ich hübsch bin, hat sie mir noch nie gesagt.
»Das Camp war perfekt!«, quassel ich los,
obwohl ich eigentlich warten wollte, bis wir bei
Kostas sind. Aber bevor ich weiterreden kann,
vibriert mein Smartphone. Ich habe drei
Nachrichten bekommen: Lotti und Janka wollen
mich bald treffen. Rita vermisst mich und hasst
ihre Eltern. Nico schreibt: ›Weißt du eigentlich,
dass du wie eine Birke aussiehst?‹
Birken sind meine Lieblingsbäume.

außerdem von der Autorin:

Christina Erbertz
Stein schlägt Papier

Roman ab 14 Jahren

Lee, 18, träumt von einer Zukunft als Polizistin. Doch ein einziger Moment verändert alles: In scheinbarer Notwehr verletzt sie einen Jungen, der ins Koma fällt – und stellt fest, dass er nur helfen wollte. Als der Junge erwacht, entsteht eine zarte Liebe, doch seine Eltern erstatten Anzeige. Im Spannungsfeld von Jugendstrafrecht und Erwachsenwerden stellt der Roman die Frage: Was bedeutet es, jung zu sein – und wer entscheidet, wann wir erwachsen sind?

gebundenes Buch   196 Seiten   Verlag: Beltz & Gelberg   Deutsche Erstausgabe